Ela sentiu os músculos do corpo todo se contraindo ao mesmo tempo em que os dele, e então aconteceu tão rápido e inesperadamente, que Natasha não soube ao certo quem tinha tomado a iniciativa para que aquele beijo acontecesse. E de repente as mãos dele estavam enroladas em seus cabelos, e as unhas dela enfiadas nos ombros dele, e ele a beijava com tanta força, que ela sentia fagulhas descendo pela espinha, eletrificando cada centímetro de seu ser. E então estavam lutando novamente, mas dessa vez a raiva havia se transmutado em outra coisa. Ou talvez tivesse sido isso o tempo todo, apenas disfarçado de raiva. Eles não eram gentis um com o outro, e nem com eles mesmos, enquanto rolavam no chão duro, tentando arrancar as roupas que formavam uma barreira para um contato mais próximo.

No último segundo possível, Clint hesitou, e então a olhou nos olhos.

– Natasha. É isso o que você quer?

NOVOS VINGADORES
MOTIM!

NOVOS VI
MO

UMA HISTÓRIA DO UNIVERSO MARVEL
ALISA KWITNEY

ADAPTADO DA GRAPHIC NOVEL DE BRIAN MICHAEL BENDIS E DAVID FINCH

© 2018 MARVEL

GADORES
TIM!

São Paulo, 2018

New Avengers: Breakout
Published by Marvel Worldwide, Inc., a subsidiary of Marvel Entertainment, LLC.

© 2018 MARVEL

Equipe Novo Século

EDITORIAL
Jacob Paes
João Paulo Putini
Nair Ferraz
Rebeca Lacerda
Renata de Mello do Vale
Vitor Donofrio

TRADUÇÃO
Paulo Ferro Junior

PREPARAÇÃO
Elisabete Franczak Branco

P. GRÁFICO E DIAGRAMAÇÃO
Vitor Donofrio

REVISÃO
Gabriel Patez Silva

CAPA
Vitor Donofrio

ILUSTRAÇÃO DE CAPA
Will Conrad

Equipe Marvel Worldwide, Inc.

VP, PRODUÇÃO & PROJETOS ESPECIAIS
Jeff Youngquist

EDITORA-ASSISTENTE
Caitlin O'Connell

GERENTE, PUBLICAÇÕES LICENCIADAS
Sven Larsen

SVP PRINT, VENDAS & MARKETING
David Gabriel

EDITOR-CHEFE
C.B. Cebulski

PRESIDENTE
Dan Buckley

DIRETOR DE ARTE
Joe Quesada

PRODUTOR EXECUTIVO
Alan Fine

EDITOR
Stuart Moore

Texto de acordo com as normas do Novo Acordo Ortográfico da Língua Portuguesa (1990), em vigor desde 1º de janeiro de 2009.

Dados Internacionais de Catalogação na Publicação (CIP)

Kwitney, Alisa
Novos Vingadores: Motim!
Alisa Kwitney; [tradução Paulo Ferro Junior].
Barueri, SP: Novo Século Editora, 2016.

Título original: New Avengers: Breakout

1. Literatura norte-americana 2. Super-heróis I. Título II. Ferro Junior, Paulo

16-0968   CDD-813

Índice para catálogo sistemático:
1. Literatura norte-americana 813

Nenhuma similaridade entre nomes, personagens, pessoas e/ou instituições presentes nesta publicação são intencionais. Qualquer similaridade que possa existir é mera coincidência.

NOVO SÉCULO EDITORA LTDA.
Alameda Araguaia, 2190 – Bloco A – 11º andar – Conjunto 1111
CEP 06455-000 – Alphaville Industrial, Barueri – SP – Brasil
Tel.: (11) 3699-7107 | Fax: (11) 3699-7323
www.novoseculo.com.br | atendimento@novoseculo.com.br

Para Matthew e Elinor

1

HAVIA ALGO NAQUELA RUIVA que chamou atenção de Clint Barton. Não foi o rosto perversamente belo, nem a excepcional visão que oferecia quando estava de costas, apesar de essas características também serem dignas de atenção. Não, era algo sutilmente discordante, algo que fez Clint pensar que a ruiva não pertencia àquele lugar, o centro de comando da Superintendência Humana de Intervenção, Espionagem, Logística e Dissuasão.

Clint franziu a testa. Ele devia ter apenas uma liberação de nível seis. Enquanto observava aquela intrusa de corpo escultural se movendo com tranquilidade pela sala repleta de agentes da S.H.I.E.L.D., pensou que não tinha visto ninguém observando a passagem dela pela ponte. Havia vários homens olhando para ela, mas aparentemente não com o propósito de vigilância. Recostando-se na cadeira, Clint tentou compreender o que havia naquela ruiva que parecia não se encaixar. Ao contrário de vários funcionários muito qualificados que trabalham naquela sala, ele não tem uma coleção de diplomas obtidos em alguma instituição da Ivy League, mas tem intuição, uma incrível habilidade de acertar todas as flechas no alvo central. À primeira vista, a ruiva parecia estar vestida com um macacão negro, idêntico aos usados pelos pilotos e agentes de combate da S.H.I.E.L.D., mas, prestando mais atenção, Clint notou que aquele uniforme não tinha uma insígnia no braço... e a arma enfiada no coldre em sua cintura não tinha a aparência brilhante e simples de algo desenvolvido pelas Indústrias Stark.

Então, não era uma aldeã, nem um membro daquela trupe mambembe.

– Clint? Você está terminando aquele relatório? – Jessica Drew olhava para ele enquanto digitava. Como ele, Jessica é uma agente de campo, mas possivelmente conseguiria terminar três relatórios no tempo que ele levaria para digitar seu CPF. Ela é a única agente ali que nunca havia lhe perguntado sobre seus registros criminais, então ele devolve o favor não mencionando o fato de ela já ter tido superpoderes. Para Clint, ser um agente da S.H.I.E.L.D. foi como subir um gigantesco degrau na vida. Para a ex-Mulher-Aranha, ele imagina, deve ser algo completamente oposto.

– Se estiver com problemas na formatação da planilha, posso ajudar – ela sugeriu solicitamente.

– Não... eu consigo resolver.

Clint havia passado os anos em que deveria ter estado no colégio aperfeiçoando suas habilidades acrobáticas e de tiro com arco, por isso havia algumas lacunas bem expressivas em sua educação. Informática. Gramática. Ortografia. Qualquer livro escrito antes da década de 1980. No entanto, ele sabia diferenciar um arco recurvo assírio de um arco longo inglês. E não era só isso. Clint era capaz de resolver problemas matemáticos de cabeça e compreender Física elementar. Tudo isso para ter certeza de que suas flechas atingiriam os alvos.

– Não se esqueça de que nós temos que ir dar uma olhada no novo agente especial às 14 horas – Jessica avisou, antes de voltar ao trabalho.

Clint fingiu estar concentrado na tela do computador, pressionando as teclas a esmo enquanto observava a Ruiva com o canto dos olhos. Ela havia se sentado em uma cadeira e estava digitando algo no computador, que instantaneamente deu acesso. Aquilo era interessante. Ela devia conhecer todas as senhas de nível três. Talvez ele estivesse enganado a respeito da Ruiva. Afinal, não era uma simples questão de passar por um segurança para invadir o quartel general da S.H.I.E.L.D. Essa era uma das vantagens de ter uma base de operações em constante movimento e a cerca de dez quilômetros acima do chão.

A Ruiva abriu uma das plantas do aeroporta-aviões. Clint tentou se convencer de que havia muitas razões para um agente querer fazer isso. Talvez ela fosse nova no trabalho e estivesse simplesmente tentando encontrar o banheiro. Poderia ser uma técnica de engenharia procurando alguma fiação com problemas. Ou talvez ela estivesse buscando dicas de decoração para deixar sua cabine com um aspecto mais neofuturista, optando por detalhes em aço e vidro polido.

E, de repente, a ideia de a Ruiva ser uma agente estrangeira pareceu um pouco mais plausível.

Jessica se aproximou.

– Você quis mesmo escrever "ruiva" no espaço destinado a "propósito da viagem"?

– Não me diga que você não gosta de ruivas, Jess...

– Não me chame de Jess, Gavião Arqueiro.

Normalmente, Clint revidaria o uso de seu antigo nome de guerra, mas não tinha tempo para isso naquele momento. A Ruiva se encaminhava para a escadaria que dava acesso ao convés de voo. *Ótimo, hora do show.* Clint afastou o banco em que estava sentado e abriu um dos botões em seu ombro, facilitando o acesso ao arco projetado por Stark, que ele guardava dobrado nas costas. Supostamente, Clint deveria usar uma arma de fogo regular como todos os outros, mas ele sabia que podia girar o pulso e ter o arco atirando e atingindo o alvo antes que qualquer outro agente conseguisse mirar e disparar uma pistola.

– Vai a algum lugar? – Jessica parecia esperançosa.

– Preciso usar o banheiro.

A Ruiva havia desaparecido atrás de dois técnicos, e Clint levou alguns segundos para avistá-la novamente. Será que ela sabia que ele a percebera ali, ou sempre andava em zigue-zague, apenas para se manter em segurança?

– Quer que eu vá com você?

11

– Ao banheiro? Melhor não. – Clint tentou pegar a aljava que sempre deixava apoiada em sua mesa, mas imediatamente percebeu que não estava onde ele a havia deixado.

– Aham. E o que você pretende fazer? Brincar de tiro ao alvo com o dispensador de sabão? – Jessica segurava a aljava fora de seu alcance.

– Só se ele me irritar.

Clint estendeu a mão.

– Você sabe que não precisa mais treinar tiro ao alvo – disse Jessica. – Mas precisa praticar o preenchimento desses relatórios de despesas.

Ela deve estar tão entediada quanto eu com o trabalho nessa papelada, pensou Clint. E, provavelmente, era esse o motivo de ela ser o mais próximo de um amigo que ele tinha naquele lugar. Olhando para cima, para além do ombro de Jessica, ele arregalou os olhos.

– Mas que... Por que o Homem de Ferro está voando por aí sem calças?

Quando Jessica se virou, Clint tomou-lhe a aljava da mão, no exato momento em que a Ruiva chegava à saída. Ela olhou por sobre o ombro; por um segundo, seus olhares se encontraram. Um tremor atravessou o corpo de Clint, do tipo que ele sentia antes de executar algum truque que poderia deixá-lo seriamente machucado, ou pior, caso pisasse na bola. A Ruiva sorriu – com a mão encostada na porta, como se o desafiasse a segui-la – e então saiu.

– Não dá para acreditar. Você vai mesmo deixar uma semana de relatórios atrasados só para ir atrás daquela ruiva? – Jessica soava mais divertida do que ofendida.

– Depende do que você entende por "ir atrás".

Clint vasculhou as flechas, procurando a melhor para aquela ocasião: magnética, rede, fumaça, boleadeira? Escolheu as de pontas próprias para captura em vez das que poderiam matar, e então as inseriu no carregador automático da aljava.

– Achei que você não se interessasse por colegas de trabalho... – Agora, sim, Jessica parecia ofendida.

— E não me interesso — disse Clint antes de sair correndo.

Ao seu redor, cabeças se viraram, e um cara engravatado se dirigiu a ele:

— Agente Barton, não se esqueça de que combinamos de conversar sobre... — Mas Clint já havia saído porta afora e estava correndo em direção às escadas, por isso nem escutou o restante da frase.

Clint ouviu passos na escadaria abaixo dele. Mas estava tão concentrado calculando a distância entre ele e seu alvo, que quase se chocou com o Agente Coulson, que vinha carregando uma pilha de pastas.

— Devagar, Barton — advertiu Coulson, quase derrubando os papéis.

— Você conhece as regras sobre correr nas escadas.

Como a maioria dos caras certinhos, Coulson sempre usava a terminologia naval apropriada.

— Desculpe, Coulson — Clint sentou-se no corrimão e se deixou deslizar até o andar seguinte. — Estou com um pouco de pressa.

— E está usando camisa sem mangas de novo, Barton — Coulson acrescentou. — Já falamos sobre isso.

— Mais tarde — disse Clint, já dobrando o corredor.

Clint foi tomado por uma súbita sensação de perigo, mas que chegou um segundo atrasada, então não conseguiu esquivar o rosto do violento golpe da sola de uma bota. Conseguiu se recuperar a tempo de receber outro chute no estômago, desta vez do tipo giratório. *Deus, ela é rápida.* Já estava descendo as escadas a toda velocidade, quase no andar seguinte. Clint girou o pulso, e seu arco se desdobrou.

— Ei, pra que a pressa? — Clint gritou atrás dela, retirando uma flecha e mirando. — Achei que poderíamos bater um papo antes de partir pra safadeza.

— Não sou muito chegada a bate-papos — ela gritou sem se virar enquanto Clint disparava uma flecha de ponta grossa. A flecha atingiu um ponto de pressão na panturrilha dela, logo abaixo do joelho. Por um momento, Clint achou que a Ruiva despencaria escadaria

13

abaixo, então se lançou em sua direção, mas ela já havia se recuperado com um ágil giro aéreo. Pousou de pé com a leveza e a graciosidade de uma acrobata.

— Eu tinha esperança de conseguir seu telefone antes de você fugir de novo... — ironizou Clint, aproximando-se dela no momento do pouso. Ele agora estava perto demais para disparar uma flecha, então passou o arco para a mão esquerda, pronto para usá-lo como arma, caso ela tentasse sacar a pistola que levava na cintura.

A Ruiva parecia surpresa.

— Você sempre fala tanto assim quando está lutando?

— Não apenas quando estou lutando, querida. Acredito que falar sempre me dá uma... ugh!

Clint desviou a tempo, e o chute da Ruiva atingiu seu estômago em vez de partes mais sensíveis do seu corpo. Ele agarrou o pé da Ruiva, e ela se lançou para trás, enrolando a outra perna em volta de seu pescoço e lançando-o com força no chão.

— Está certo, só que esse definitivamente é o tipo de golpe para ser usado num segundo encontro — ele disse, posicionando-se e aplicando com o cotovelo um vigoroso golpe na parte detrás do joelho dela, obrigando-a, assim, a soltar seu pescoço.

— Não sou do tipo que tem um segundo encontro — disse ela, virando-o em sua direção e aplicando-lhe um soco na mandíbula.

— Mesmo assim, não acha que seria justo que eu ao menos soubesse o seu nome?

Clint mudou o peso de perna e reverteu a posição. Seria uma pena acertar um soco naquela boca, então Clint a derrubou, imobilizando-lhe braços e pernas.

— Sinto muito, mas acho que essa relação não teria muito futuro.

A Ruiva flexionou os pulsos; sob as mãos, Clint sentiu que os braceletes dela esquentaram por um instante. Antes que conseguisse reagir, um tranco de eletricidade o arremessou para trás. Quando voltou a si, sentindo um gosto metálico na boca, a Ruiva havia desaparecido.

Droga! Clint sacudiu a cabeça, tentando clarear a mente, e então verificou o relógio de pulso. Esteve fora de ação por cerca de um minuto, então ela não poderia ter ido muito longe. Só tinha que decidir em qual direção deveria seguir.

Ele estava a um lance de escadas da ponte, no mesmo nível do convés de voo. Clint não acreditava que a Ruiva sem autorização iria por ali, pois a sala era pequena e sem janelas, praticamente impossível de acessar sem chamar atenção. Por um momento, ele pensou em entrar ali para alertar a Diretora Executiva Maria Hill sobre a presença de um intruso a bordo, mas então outro pensamento lhe ocorreu. O hangar também ficava naquele andar, e era uma área enorme, cheia de pequenos aviões, jipes e outros veículos militares. Se a intenção da Ruiva era a sabotagem, o hangar seria um paraíso.

Clint deixou o arco a postos enquanto corria, seguindo na direção da escadaria aberta de metal que conduzia à passarela de aço. Há quem tenha medo de altura, mas Clint sempre se sente mais confortável empoleirado em algum lugar alto, de onde possa ter uma visão de pássaro sobre a situação. Assim que alcançou a passarela, analisou cada milímetro da sala lá embaixo. O hangar era basicamente uma grande garagem, mas, em vez de carros velhos e brinquedos descartados, havia ali bilhões de dólares investidos nos melhores jatos que o Tio Sam podia comprar. Logo abaixo do ponto onde estava a bota de Clint, havia dois aviões de caça F/A--18 Hornets estacionados, projetados para combate aéreo ou para atingir alvos no solo. Um pouco mais adiante, um F-14 Tomcat. Algo no formato da cabine daquela aeronave o fez se lembrar dos aviões de papel que ele fazia quando o tutor inglês que acompanhava o circo começava a tagarelar sobre subjuntivos. O preferido de Clint era o E-2C Hawkeye, mais utilizado para conseguir informações sobre posição e atividade do inimigo, porém, seus propulsores faziam Clint se lembrar dos velhos filmes sobre a Segunda Guerra Mundial.

Nenhum sinal da Ruiva. Clint continuou observando e analisando o local, a flecha em prontidão. *Ali.* Ele captou um rápido movimento, uma corrida entre um helicóptero Seahawk e um S-3B Viking. Diabos, aquele era um jato subsônico capaz de destruir um submarino. Se a Ruiva começasse a mexer ali, poderia derrubar o aeroporta-aviões inteiro.

Claro que uma flecha mal disparada poderia surtir o mesmo efeito. *Ainda bem que eu não erro*, pensou Clint enquanto disparava a flecha. Ela atingiu o convés bem na frente da Ruiva, liberando o cartucho de gás lacrimogêneo. Já que ela havia tido o cuidado de não lhe infligir nenhum dano, ele tentaria retribuir o favor.

Mas a Ruiva saltou imediatamente, afastando-se da fumaça, e ficou pendurada na parte de baixo da passarela. Com um movimento ágil das pernas, ela se colocou diante dele. Aquela performance certamente receberia nota 10 de qualquer juiz olímpico. Seus pés estavam bem afastados, mas mesmo assim era muito elegante.

– Devo avisá-lo de que é preciso muito mais que isso para me fazer chorar – ela ironizou.

– Garota durona, hein?

Enquanto ela estava em movimento, Clint começou também a correr. Manipulando o controle da aljava, ele selecionou uma ponta especial para a próxima flecha. Em questão de segundos, havia pegado a flecha, preparado o tiro e tensionado a corda do arco.

– Esta flecha contém um poderoso hipodérmico sedativo. Sugiro que você erga os braços, a não ser que queira tirar uma soneca.

O sorriso da Ruiva era gentil, mas de escárnio.

– Se observar meu equipamento com um pouco de atenção, vai reparar que estou usando trajes blindados.

– Eu reparei... Peço desculpas por desapontá-la, mas essas flechas atravessam kevlar.

– Não é kevlar. É vibranium.

Clint ergueu a sobrancelha.

– E isso não é um pouco desconfortável?

Vibranium não é exatamente um tipo padrão de uniforme para alguém usar, nem mesmo para um agente da S.H.I.E.L.D. Raro e extremamente caro, o vibranium é um dos poucos metais que suporta níveis extremamente poderosos de força.

– A gente se acostuma.

E, rápida como uma felina, ela girou e desceu da passarela, afastando-se dele. Um alvo móvel poderia se configurar um desafio para qualquer outro arqueiro, mas Clint era habituado a atirar em coisas voando desde que tinha seis anos dé idade. Enfiando a flecha hipodérmica no cinto, ele manejou o controle da aljava, selecionando quatro novas flechas. Em questão de segundos, estava com a primeira flecha pronta, então a disparou, e em seguida as outras três, numa rápida sucessão de tiros. As flechas, feitas de adamantium e equipadas com poderosas pontas magnéticas, passaram pelo tecido esticado dos pulsos e tornozelos da Ruiva, prendendo-a contra a comporta de metal.

– Bem, você deu o primeiro golpe – disse a oponente, imobilizada em formato de X, indicando um fino arranhão na parte exposta do pulso, onde a flecha feriu-a quando atravessou o tecido do uniforme.

– Não foi intencional. Eu só tinha um milímetro ou dois para acertar. No entanto, eu fui a nocaute primeiro... – Clint sacou a flecha de ponta hipodérmica. – Antes de eu continuar, e derrubá-la de vez, importa-se de dizer o que está fazendo aqui?

– Testando suas defesas.

– Se está tentando me dizer que a S.H.I.E.L.D. enviou você como algum tipo de assaltante, não vai colar. Foi para prevenir isso que me contrataram.

– Eu sei. Você era quem eu estava testando.

Clint balançou a cabeça.

– Sabia que, numa sala com mais de cinquenta agentes, eu fui o único que notou a sua presença?

A mulher sorriu para ele.

– Claro que sim... Gavião Arqueiro.

Clint ficou imóvel.
— Quem a enviou? Ao longo dos anos, ele havia feito alguns inimigos bastante poderosos, de ambos os lados da lei.
— Eu mesma me enviei.
— Não acredito.
— É a verdade. Antes de mudar de lado, quero ter certeza de que não vou apoiar uma equipe perdedora.

Ela fixou o olhar nele, e Clint não encontrou qualquer sinal de medo naqueles olhos grandes e verdes.
— Seu sotaque está um pouco evidente.
— Eu não tenho sotaque — defendeu-se ela.
— Tem, sim. Não é tanto o modo como pronuncia as palavras, e sim o ritmo. Durante algum tempo, eu tive um professor russo que me ensinava acrobacias. Ele se mudou para os Estados Unidos quando tinha sete anos. Falava inglês perfeitamente, sem nenhum sotaque, mas, quando ficava cansado, seu ritmo de pronúncia se alterava.
— Você tem bom ouvido.

Ela sorria como se fosse a professora, e ele, o aluno que se saiu bem na prova. E ela tinha um belíssimo sorriso. Provavelmente, a maioria dos homens faria um bocado de coisas estúpidas por um sorriso daqueles. E ela provavelmente se aproveitaria disso para eviscerá-los com o salto do sapato, sem mudar a expressão.
— Então, o que é você? G.P.U.? S.V.R.?
— Eu era da *spetsnaz*. Ênfase no "era".
— Operações especiais? Você quer dizer operações secretas?

Ela não respondeu, e pela primeira vez Clint notou que ela não estava brincando. Estava tentando convencê-lo. Por uma fração de segundo, um vinco de preocupação se formou entre as sobrancelhas dela. A Ruiva passou nervosamente a língua nos lábios.
— Posso confiar em você?

Foi o primeiro movimento errado que Clint a viu cometer. Ele baixou os olhos e fixou o olhar nela, para que ela visse sua preocupação, mas também para deixar claro o quanto ele estava cansado daquele tipo de jogo. Era um movimento de contra-ataque calculado, para mostrar à Ruiva que era possível ele passar para o lado dela.

— Eu não sei. Posso confiar em você?

Algo brilhou nos olhos dela naquele momento. Surpresa.

— Quer saber? — ela disse, abandonando imediatamente todo o fingimento. — Acho que talvez você possa.

E com isso você remove uma máscara, apenas para mostrar que usa outra, pensou Clint.

— De qualquer maneira, duvido muito que eu possa.

— Não deveria. Eu não sou o inimigo aqui. Você viu o X vermelho em meu bracelete? Veja o que acontece quando movo o pulso. Desse jeito... — Uma pequena agulha emergiu, com uma gota de líquido brilhando na ponta. — Este é um agente nervoso. Se eu quisesse matá-lo, Arqueiro, já teria feito isso.

Clint deu uma breve e divertida risada.

— Você é corajosa, Ruiva, tenho que admitir.

— E eu achando que você seria mais original — ela disse, torcendo o pulso para que a agulha voltasse para dentro do bracelete. — Nem é a cor verdadeira do meu cabelo.

— Então — disse Clint, puxando as flechas da parede para soltar os braços dela —, como posso chamá-la antes de prendê-la e enviá-la à corte marcial e depois para a prisão?

Ela estendeu-lhe uma pequena mão enluvada.

— Meu nome é Natalia Romanova, mas meus amigos me chamam de Natasha.

— Tire tudo.

— Como?

— O bracelete. E a luva.

Erguendo as sobrancelhas, Natasha retirou o bracelete e as luvas negras de neoprene. Ela colocou-os cuidadosamente no chão.

— Viu? Nenhuma arma escondida. Agora é a sua vez.

Clint retirou a manopla do arco. Depois de um momento de hesitação, ele apertou a mão da agente estrangeira. Um arrepio elétrico percorreu-lhe a espinha, mas Clint descartou essa sensação, considerando-a uma distração momentânea.

– Então, qual é o seu próximo lance, Nat? Me convencer a soltá-la?

– Eu poderia – disse Natasha com um sorriso irônico. – Mas acho que a sua namorada não concordaria com isso.

Com um movimento de cabeça, ela indicou Jessica Drew, parada logo abaixo dele, com uma arma apontada para o coração de Natasha.

2

— SE FIZER QUALQUER MOVIMENTO para pegar sua arma, você está morta – ameaçou Jessica, segurando firmemente a semiautomática nas duas mãos enquanto mirava o alvo. Sem tirar os olhos da outra mulher, ela acrescentou: – Clint, você é inacreditavelmente idiota. Faz ideia de quem é esta mão que você está segurando? Executei pelo computador uma análise de reconhecimento facial dela depois que você saiu...

Clint apertou a mão de Natasha, impedindo que ela se afastasse.

– Ah, mamãe, você está sempre de olho em mim.

– *Durak* – disse Jessica, e mais alguma coisa cuja pronúncia soava como russo fluente.

– Eu entendi o "durak", mas não o resto – disse Clint. *Durak* era como seu treinador russo de ginástica o chamava quando ele errava um pouso.

– Permita-me traduzir – interferiu Natasha, soltando a mão e erguendo os braços, em sinal de rendição. – Ela disse que, se eu machucá-lo, vou pagar caro por isso.

A situação já estava começando a ficar irritante.

– Jessica, eu tinha tudo sob controle.

Jessica balançou a cabeça, ainda mantendo Natasha sob vigilância.

– Clint, esta é a Viúva Negra. Ela o distraiu tanto, que você só percebeu que eu estava aqui quando ela apontou para mim.

A *Viúva Negra*. E ele aplicando seus melhores golpes e tiros certeiros para tentar capturá-la, como se aquilo fosse apenas um evento de demonstração. Havia rumores de que a Viúva Negra certa vez ateara fogo ao hospital de um vilarejo apenas para despistar o inimigo. Se metade das histórias que Clint havia escutado sobre ela for verdade, ele teve sorte de não ter sido envenenado na escadaria.

– Não fique tão surpreso – disse a Viúva. – Eu disse que não era o tipo de garota que gosta de segundos encontros.

Clint se perguntou se ela se lembrava dos rostos de suas vítimas, como ele costumava se lembrar.

– Você se esqueceu de mencionar o detalhe de que seus primeiros encontros terminam com o cara deitado numa gaveta do necrotério. Coloque as mãos para trás.

– Isso realmente não é necessário – reclamou Natasha, mas mesmo assim colocou os braços para trás, conforme lhe fora solicitado. – Eu já lhe disse, Clint, não vim até aqui para espioná-los.

Clint prendeu os pulsos da Viúva Negra com uma das boleadeiras.

– Guarde suas explicações para a Comandante Hill.

Ele não sabia por que estava se sentindo tão decepcionado pelo fato de sua parceira ter se revelado um Stalin de saias. Ele tentou não pensar, no momento em que suas mãos se tocaram, no fato de ele ter reagido como uma criança. Clint retirou a arma do coldre da Viúva e a enfiou no próprio cinto, mas decidiu não pedir que ela se abaixasse.

– Eu prefiro falar com você primeiro – disse Viúva. – Por razões de segurança.

Clint a ignorou.

– Jessica, ela está bem presa. – Em seguida, retesou o cabo do arco e voltou-se para a Viúva. – Só para você saber, esta flecha não requer qualquer movimento complexo, portanto, qualquer movimento em falso, eu a mato instantaneamente.

– E eu a mato de novo, só por segurança – completou Jessica, mantendo a arma apontada para a outra mulher. Tocando o aparelho de comunicação que tinha no ouvido, ela disse: – Comandante Hill? Estamos contendo uma quebra de segurança no hangar. Uma agente estrangeira sem autorização a bordo da nave. – Ela fez uma pausa, ouviu durante algum tempo e então disse: – Afirmativo. Levando-a até aí. Deixe agentes adicionais a postos. – E, erguendo o olhar, finalizou: – Está certo, é só acabar com ela. Simples e fácil.

– Dê meia-volta e comece a andar – ordenou Clint, mantendo a flecha apontada para a nuca de Viúva Negra, já que o restante do corpo dela estava blindado. Quando chegaram ao nível do hangar, Jessica se colocou atrás de Viúva, com a arma posicionada entre suas omoplatas.

– Mire mais para cima – disse Clint enquanto seguiam pelo labirinto de jatos e jipes. – O traje dela é de vibranium.

– E você só sabe disso porque eu lhe disse – mencionou Natasha.

– Como pode ver, eu não teria nenhum problema se não quisesse deixá-la me levar – disse ela, dirigindo-se a Jessica.

– Cale-se e continue andando – ordenou Jessica. – Por que diabos você não me disse que estava indo atrás dela, Clint?

Ele deu de ombros.

– Não julguei precisar de reforços.

– Devíamos ser parceiros!

– Tive o mesmo problema em campo, trabalhando com agentes homens... – comentou Natasha. – Alguns deles se consideram verdadeiros caubóis.

Jessica contraiu os lábios.

– Eu me lembro de ter mandado você parar de falar.

– Queria saber por que você não gosta de mim... – disse Natasha. – Quer dizer, pensando bem, nós duas temos muito em comum – ela continuou, como se meditasse em voz alta. – Eu sou chamada de Viúva Negra, você, de Mulher-Aranha... ambas são aracnídeas. E, é claro, você era chamada de Aracne quando trabalhava para a Hidra.

Clint tentou não demonstrar sua surpresa. Ele cuidou de Jessica quando começaram a trabalhar juntos, e tinha conhecimento de sua infância problemática e dos tratamentos médicos aos quais o pai a submetera. Sabia também que, quando Jessica descobriu seus poderes, ela acidentalmente matou o primeiro garoto que havia amado. Ele até mesmo sabia como Jessica perdera os poderes, em uma luta contra um mutante psicótico, e que aquele insignificante deveria ter sido classificado e estar abaixo de seu nível de segurança. Mas Clint nunca suspeitou que a parceira tivesse pertencido a uma organização terrorista.

– Talvez – continuou Natasha – seja apenas um caso que Freud denominava "narcisismo das pequenas diferenças". Você não gosta de mim porque somos mais iguais do que diferentes.

Jessica olhou feio para as costas de Viúva Negra.

– Eu poderia simplesmente lhe dar um tiro agora e poupar a Comandante Hill do trabalho de executá-la.

Eles haviam chegado às portas que davam acesso ao convés de controle de voo. Como se aproveitassem a deixa, seis agentes com equipamentos completos de proteção em batalha abriram as portas e se enfileiraram, todos voltando seus olhares treinados para uma Ruiva desarmada.

Viúva Negra sequer piscou.

– Você não vai me matar. Sou muito valiosa como fonte de informação. Além do mais, você não atiraria em mim por dizer a verdade, não é?

– Querida – disse Jessica –, no estado em que me encontro, atiraria em você apenas por me desejar bom dia. Mas você está certa, farei isso depois de vermos a Comandante Hill. Só para o caso de ela achar que deve torturá-la antes.

••••

A Comandante Hill não estava feliz. Estivera enfurnada ao longo de toda a manhã na pequena e cheia sala de operações, sentindo o bafo rançoso do operador enquanto tentavam descobrir como gerenciar a iminente chegada de mais quatro jatos Viking ao convés de pouso já lotado. Havia uma possível situação fermentando no Oriente Médio e outra já explodindo em um dos "stão". A comandante Maria tinha melhorado muito no manejo da interface tridimensional de Tony Stark, mas mesmo assim sentia falta da velha mesa de projeção, que todos chamavam carinhosamente de "tábua de ouija", com a qual era possível praticamente encaixar as peças. Entre as logísticas equivocadas do Quartel General e a halitose do companheiro de trabalho, ela já começava a sentir uma forte dor de cabeça antes mesmo da ligação de Jessica.

– E foi então que a Agente Drew chegou – disse o Agente Barton, concluindo seu relato sobre os acontecimentos da última hora.

Cosa de mala leche, pensou Maria. Nada do que Clint dissera explicava como a Viúva Negra havia conseguido se infiltrar na nave central de comando da S.H.I.E.L.D. Uma das coisas que não precisava de explicação era o momento. Os russos deviam saber que o Coronel Fury estava ausente, em uma missão, e decidiram que o aeroporta-aviões seria alvo fácil sem ele por perto. Maria resistiu à vontade de esfregar a têmpora direita, que latejava como se alguém apertasse um torno em volta de seu crânio.

– Ok, Srta. Romanova – ela disse. – Vamos ver se eu entendi. Você está me dizendo que abandonou sua ex-organização... Deixando de lado a questão de por que a S.V.R. permitiria que um de seus mais efetivos agentes saísse caminhando na direção do pôr do sol, você se importaria de iluminar essa questão e nos explicar os motivos de sua mudança de carreira?

– Eles estavam mentindo para mim.

Maria caminhou ao redor da russa, tentando analisá-la. Ela era extremamente bonita, e sabia como usar sua aparência para manipular os homens. Será que responderia à ameaça de desfiguração? De algum modo, Maria sabia que não. Essa mulher irradiava um tipo de crueldade fria que seria muito difícil, senão impossível, de enfraquecer.

– Ter de ouvir mentiras não faz parte do trabalho, Srta. Romanova?

O olhar de Viúva Negra encontrou o de Maria.

– Você mente para seus subordinados, Comandante Hill? Ou apenas lhes informa que não devem fazer perguntas?

Maria concordou.

– Você tem razão – ela acabou cedendo.

Discretamente, Maria observava os dois agentes que haviam trazido Romanova. A Agente Drew tentava manter uma postura profissional, mas, considerando a maneira como olhava para a russa, era evidente que Viúva Negra havia irritado Jessica. Maria se perguntou se Clint Barton tinha alguma coisa a ver com aquilo. Como Jessica, Barton era forasteiro, e estava claro que os dois agentes eram amigos, além de parceiros. Será que eram mais do que isso, ou será que apenas Jessica queria que fossem? Maria não tinha certeza. Com feições rudes e péssimo corte de cabelo, Clint certamente não era nenhum modelo, mas tinha uma postura decidida, uma qualidade masculina que exercia certo fascínio sobre algumas mulheres. Ele também parecia ser o tipo de cara que crescera sabendo como fazer ligação direta em um carro, acabar com uma garrafa de tequila e invadir uma casa trancada. Ao contrário de Jessica, Clint nunca teve superpoderes nos quais se apoiar, o que significava que ele teve de passar boa parte da vida aprimorando suas outras habilidades.

– Comandante, se eu puder fazer uma sugestão... – disse Jessica, mas Maria ergueu a mão.

– Não estou querendo mais nenhuma opinião – ela disse. – Ou esta mulher está trabalhando para a S.V.R. ou está desgarrada. De qualquer modo, ela conseguiu se infiltrar no aeroporta-aviões, e representa um risco considerável à segurança.

Jessica abriu a boca, e Maria ergueu a mão novamente.

– No entanto, ela também possui informações extremamente valiosas. Quero que seja levada para a Balsa, para ser interrogada.

Clint assentiu, como se soubesse que a decisão seria essa. A Balsa era o lugar onde os prisioneiros eram colocados quando uma penitenciária de segurança máxima como a Ryker não era segura o bastante. Situada em uma ilha perto da Ryker, a Balsa era formada por oito andares submersos de celas revestidas de adamantium e tão à prova de falhas, que os cidadãos de Manhattan não tinham por que se preocupar com os psicopatas poderosamente inumanos que viviam quase no quintal de suas casas.

– Agente Drew, Agente Barton, vocês vão acompanhar a Srta. Romanova até a cabine de confinamento com uma escolta armada. De lá, ela será colocada em restrições adicionais antes de ser levada até o helicóptero que fará o transporte. Vocês dois estão encarregados do interrogatório.

Viúva Negra manteve o rosto impassível.

– Ah, qual é – reclamou Jessica, mas enquanto Clint se movia para segui-la, Maria lançou a ele um quase imperceptível aceno de cabeça.

– Agente Barton, pode esperar um pouco? Quero conversar com você um momento.

Enquanto deixava a sala com a prisioneira, Jessica lançou ao colega um olhar compreensivo, evidenciando solidariedade, pois imaginava que o parceiro estava prestes a receber uma reprimenda. Viúva Negra também olhou para trás, na direção dele, mas Clint agiu como se não tivesse notado. *Ótimo.* Quando a porta se fechou, Maria esperou um momento antes de falar.

– Não foi exatamente a jogada mais brilhante tentar dar conta sozinho de um intruso não identificado, você sabe.

Clint não disse nada, o que aumentou seu crédito.

– Entretanto, foi você quem avistou a Viúva Negra. Então estou lhe dando a responsabilidade definitiva, Agente Barton. Farei uma requisição para que você seja acompanhado por um consultor da S.H.I.E.L.D. com superpoderes, conforme manda o regulamento, mas você está no comando. Quero qualquer tipo de informação que conseguir extrair dela, por qualquer meio que se mostre eficaz – Maria fez uma pausa. – Mas, se em algum momento você achar que Romanova representa algum tipo de ameaça, ou se ela der algum sinal de que quer tentar escapar, neutralize-a.

Clint parecia de certo modo surpreso pela ordem.

– Isso será realmente necessário, senhora? Dificilmente ela conseguirá superar nós dois e mais alguém com superpoderes.

– Ela não deveria ter conseguido invadir um importante centro de comando militar que está no ar nas duas últimas semanas.

Clint assentiu.

– Entendido.

Ele despediu-se da comandante com um movimento de cabeça, e então se virou para sair.

– Agente Barton. Permita-me lembrá-lo de que não há como saber qual informação a Viúva Negra pode ter conseguido enquanto perambulou por aqui.

Clint parou perto da porta, de costas para ela.

– Estou ciente desse risco.

– Então compreende por que não podemos permitir que ela saia da custódia da S.H.I.E.L.D. Você conhece a história dela, agente. Ela não é simplesmente alguém que fez meia dúzia de escolhas erradas. É uma mulher mergulhada até o pescoço em sangue inocente.

Clint se voltou, o rosto sério e rígido.

– Esta é uma ordem para eu dar cabo dela, independentemente do que ela faça ou diga? Não gosto disso, comandante.

– Eu tampouco, Agente Barton. Mas não creio que ela possa ser convertida, e não podemos evitar que fique livre. Que escolha nos resta?

Clint sentiu um espasmo em um dos músculos da mandíbula, e em seguida fez um rápido aceno de cabeça.

– Estou dispensado?

– Está.

No último segundo, já com a mão na maçaneta, Clint hesitou, então olhou para trás, por sobre o ombro.

– Uma última pergunta. Posso saber por que me escolheu para esta avaliação em particular?

Maria Hill respirou fundo e então disse a verdade:

– Porque observei Romanova enquanto vocês estavam conversando, Agente Barton, e acho que ela gosta de você. Acredito que ela tenha a impressão de que vocês dois têm algum tipo de sintonia. E isso lhe dá certa vantagem. A não ser, é claro, que ela esteja correta, e você tenha alguma dificuldade para neutralizar o problema que ela representa.

Clint não hesitou.

– Não vai haver nenhuma dificuldade.

Maria assentiu e ficou observando Clint enquanto ele saía. Assim que ficou sozinha, fechou os olhos e pressionou os nós dos dedos sobre o olho direito.

Esta vai ser uma enxaqueca infernal... Imagino o que Fury diria se voltasse e descobrisse que eu acidentalmente arranquei meu globo ocular.

Imaginando os dois usando tapa-olhos negros, Maria não conteve o riso, o que fez sua cabeça doer ainda mais.

NATASHA tentou fazer uma análise de Gavião Arqueiro enquanto ele a ajudava a descer do helicóptero Seahawk. Ela sentia seu toque firme e impessoal enquanto passava pelas lâminas da hélice e seguia para o espaço aberto. Havia escurecido, o que tornava mais difícil visualizar maiores detalhes, mas Natasha podia ver as luzes de Manhattan brilhando a distância. Ela se lembrou de uma cena do filme *Uma secretária de futuro*, com uma Melanie Griffith jovem e de olhos brilhantes partindo na balsa de travessia em busca de sua grande oportunidade. Aquele filme havia sido incluído num dos cursos do Programa Sala Vermelha intitulado "Entendendo a cultura popular americana: vendendo o Sonho Americano".

– O que você está fazendo parada aí? – Gavião Arqueiro olhou ao redor para o espaço de concreto vazio. – Achei que precisássemos levá-la para a Balsa.

Apesar do frescor daquela noite de novembro, ele ainda estava vestido com seu traje negro sem mangas, carregando o arco recurvo e a aljava nas costas. Havia seis guardas armados em trajes de combate completos, empunhando submetralhadoras UMP destravadas de fabricação alemã. Jessica Drew também estava com a arma engatilhada e pronta, mas era Gavião Arqueiro que se mantinha mais próximo de Natasha, sem tirá-la de seu campo de visão nem por um segundo.

Então ele está responsável por mim, ela pensou. Estava surpresa. Esperava que a Comandante Hill escolhesse Jessica Drew em vez dele. A maior parte das pessoas deduziria que uma agente feminina atraente teria mais dificuldade em manipular outra mulher heterossexual. Não estariam completamente errados, embora Natasha conhecesse incontáveis estratégias para lidar com potenciais agentes que possam lhe ser úteis. Mesmo assim, a atração ainda era uma ferramenta poderosa, que a fazia imaginar por que a Comandante Hill havia escolhido aquele homem – até porque Clint já havia demonstrado que apreciava brincar de gato e rato. A Comandante Hill deve ter tido a impressão de que a estratégia da atração funcionaria em mão dupla nesse caso.

Hill não estava completamente enganada, mas isso ia além do ponto. Natasha poderia descartar a atração tão facilmente quanto ignorar a fome, o cansaço ou a dor. E se ele sentia algo por ela, o homem a quem chamavam de Gavião Arqueiro com certeza não estava demonstrando.

– Temos que seguir o protocolo da S.H.I.E.L.D., Clint – advertiu Jessica Drew.

– Que envolve ficar aqui por meia hora. Qual é a ideia, tentar criar um suspense?

Jessica balançou a cabeça.

– A Comandante Hill mandou esperar, para que um agente com superpoderes nos escolte.

Ao contrário de Gavião Arqueiro, Jessica havia vestido uma jaqueta militar curta com o emblema da S.H.I.E.L.D. em discreto relevo no tecido.

– Sim... Bem, superpoderes são superestimados, se quer saber minha opinião.

Jessica sorriu para ele.

– Você fala como alguém que nunca os teve.

Havia um tom de amargura na voz dela. *Interessante.* Natasha havia lido a ficha daquela mulher, e achou que ela estaria muito menos resignada com a perda de seus antigos poderes. Isso fez Natasha se lembrar de outro filme americano, sobre uma jovem mulher que arruma uma companheira de quarto que copia seu corte de cabelo, usa suas roupas, seduz seu namorado e depois tenta matá-la. Aquele filme também fez parte de uma aula chamada "Mantendo a identidade enquanto se adota um personagem falso".

Natasha ainda não havia decidido quem seria durante o interrogatório. Enquanto lutava com Gavião Arqueiro, descartou algumas possibilidades: a aventureira amoral, a criança abandonada, a guerreira errante em busca de um benfeitor. Pensou que poderia ser seduzida, mas não por nada muito óbvio. *Deixe para lá.* Na hora certa, ela saberia. Ela sempre sabia.

Gavião Arqueiro fez um movimento circular com os ombros, tentando diminuir a tensão dos músculos.

– Alguma ideia de quem vão mandar?

– Luke Cage – respondeu Jessica, olhando para seu telefone. – Acabei de receber uma mensagem dizendo que ele estará aqui em alguns minutos.

Aquela era outra informação que poderia ser útil. Natasha tentou se lembrar do que sabia a respeito de Cage. Ele era chamado de Poderoso pela imprensa, mas Natasha não conseguia recordar exatamente quais eram os poderes dele. Ela sabia que ele nascera e se criara no Harlem, e que fora mandado para a cadeia por um crime que não cometeu. Adquiriu seus poderes enquanto estava preso, como resultado de uma tentativa de recriar o soro do supersoldado, o mesmo que deu vida ao Capitão América durante a Segunda Guerra Mundial.

O ruído do motor de um pequeno barco se tornou mais evidente, e Natasha deduziu que estava prestes a conhecer Luke Cage em pessoa. Enquanto esperavam, ela sentiu um fugaz arrependimento momentâneo de não poder pular naquele barco e sair para explorar Manhattan. Ela só havia estado em Nova York uma vez antes, mas foi uma passagem rápida, apenas para cometer um assassinato, então não havia visto nada a não ser o aeroporto e seu quarto de hotel. *O percurso de alguém que viaja a negócios.*

Conforme a barca aportou, Natasha olhou mais cuidadosamente ao redor. Estavam parados em um estacionamento ao ar livre, perto de uma enorme rocha, um vestígio do passado glacial daquela ilha. Ao lado dela, havia um enorme e apagado edifício, com uma aparência industrial sombria. Pode ter sido um velho armazém, ou um desses prédios descartados onde burocratas do século passado verificavam se os novos imigrantes traziam parasitas ou doenças.

Não, ela se deu conta, não era nenhum dos dois. Aquele devia ser o andar superior da Balsa. Ouvira relatos dessa prisão enquanto estava na Rússia, mas não havia fotos das instalações. Natasha prestou bastante atenção nas janelas e portas, e na distância até o rio, caso precisasse executar uma fuga rápida.

Quando se voltou na direção dos outros, viu Luke Cage saindo do barco. Ele se movia com uma graça surpreendente, considerando seu tamanho. Conforme ele se aproximava do grupo, Jessica deu um passo à frente. Estava claro pelo modo como o cumprimentou que já se conheciam, e que os dois tinham certa amizade. Natasha não detectou nenhum sinal da tensão a respeito da qual ela havia lido nas aulas de "Estereótipos raciais e o legado psicológico da posse de escravos na América do Norte". Talvez as pessoas com superpoderes se reunissem para falar sobre compras, ações e seguros ou modelos.

Luke Cage se virou para observar Natasha, e inclinou a cabeça.

– *Zdrastvotyeh* – ele disse.

Diferentemente dos outros dois agentes, Cage não estava de uniforme. Ele usava uma touca de lã cinza, jaqueta de couro preta e sapatos pretos. Porém, não precisava de um uniforme para parecer intimidador. Ele era alto, forte e tinha tantos músculos, que parecia um jogador de futebol americano. Além disso, o ralo cavanhaque o deixava com aparência sinistra.

– Você fala russo? – Viúva lhe perguntou, naquele idioma.

– *Nimnoshka* – ele respondeu. – A gramática me deixa louco.

– E deixa a criançada da Rússia louca, também – ela disse sorrindo. Cage não era o que ela esperava.

– Peça a ela que conte sobre as crianças do hospital em Urus-Martan – disse Jessica, em inglês, provavelmente para que Clint entendesse o que estava dizendo.

Natasha não pôde evitar que seus músculos ficassem momentaneamente tensos enquanto se lembrava da expressão esperançosa de uma certa garotinha. *Você está aqui para nos salvar, moça?* Natasha olhou para Clint e viu que ele havia notado sua reação involuntária ao escárnio de Jessica. *Se você for cometer um erro, faça duas vezes, e faça parecer deliberado.* Natasha evitou o olhar de Jessica, deixando Clint ver que Jessica tinha ganhado um ponto.

Luke balançou a cabeça e disse no ouvido de Jessica algo que a fez rir.

– Vamos lá – ele disse, dirigindo-se ao grupo com uma voz ressonante e grossa de barítono. – Por que não descemos até a Balsa?

Bem construída a sua frase, pensou Natasha, *como se eu tivesse a opção de não ir*. Ela deu uma última olhada para a silhueta de Manhattan, lembrando-se dos velhos filmes de propaganda de Hollywood, e então seguiu Luke Cage para dentro da construção. Atrás dela, podia sentir a presença silenciosa de Gavião Arqueiro. Enquanto entrava em uma das mais impenetráveis fortalezas do mundo, cercada por criminosos que podiam se teleportar, atravessar paredes, derreter aço com um sopro ou matar com a força de um pensamento, Natasha se sentiu curiosamente segura por ter aquele homem com arco e flechas para lhe dar cobertura.

••••

A Balsa havia sido construída para resolver o problema com os prisioneiros encarcerados que olhavam para os guardas armados do mesmo modo que um labrador olha para uma bolinha de tênis. Como os túneis do metrô de Nova York, a Balsa havia sido construída abaixo do solo, só que muito mais fundo, abaixo do East River.

Conforme seguiam pelo longo corredor, passando pelo brilho fluorescente das luzes e das paredes de rocha, Natasha notou uma enorme janela de vidro supostamente à prova de balas à esquerda de onde estavam. Atrás do vidro, ela podia ver inúmeros guardas observando diversas telas. As telas mostravam vários locais da prisão, incluindo o corredor. Natasha viu de relance a própria imagem, seguida de perto por Clint, com o arco solto na mão esquerda. Erguendo o olhar, Natasha viu câmeras apontadas para eles, as luzes vermelhas piscando enquanto as lentes seguiam seus passos.

– Aparentemente, não há janelas para fora – ela observou em voz alta. – Isso deve ser difícil para os prisioneiros... – Ela se perguntava se alguém daquele pequeno grupo sofria de claustrofobia.

– É uma precaução necessária – disse Jessica. – Por causa das habilidades dos prisioneiros, as paredes aqui são revestidas de adamantium ou vibranium. Não há maneiras de reforçar o vidro nesse mesmo nível.

– Entendido. Mesmo assim, eu preferiria passar minha vida num campo de trabalho siberiano do que viver sem uma janela – disse Natasha, estremecendo ao imaginar ter de viver dia após dia sem ver a luz do sol.

– Vamos parar com esse papo – disse Clint, seguindo atrás dela.

– Que papo?

– Esse papo de vulnerabilidade.

– Como sabe que é só papo? – Luke Cage desacelerou para se colocar ao lado de Clint. – Eu, de certo modo, concordo com ela. Estive preso por mais de três anos, mas pelo menos nós saíamos para o pátio e tomávamos ar fresco. Neste lugar, eles estão enterrados vivos. Tenho que admitir que isso me dá arrepios.

– Talvez ela seja do tipo de atriz que gosta de viver o papel. E por isso esse papo é só atuação.

Aquilo era tão astuto, que Natasha se deu conta de que estivera subestimando o Arqueiro. Talvez ele tivesse desenvolvido mais do que habilidades atléticas durante seu treinamento no circo. E então, erguendo o olhar, ela notou uma série de aberturas na parede de metal à frente.

– Aquilo não são janelas? – Tinha de reunir o máximo de informação possível sobre aquele lugar, o que se provaria de extremo valor caso ela decidisse voltar para a Rússia. *Presumindo que não fosse se mudar permanentemente para aquele lugar, é claro.*

– São telas de vídeo – esclareceu Jessica, seus saltos estalando no assoalho. – E são de comunicação simultânea. Diferentemente de

35

alguns países que posso nomear, os Estados Unidos tentam tratar seus prisioneiros com o máximo de humanidade possível.
Clint e Cage trocaram olhares.
– Você nunca esteve presa, não é, Jessica?
Jessica olhou por sobre o ombro.
– Eu não estou dizendo que a prisão é um lugar divertido. Nem deve ser. Vocês têm alguma ideia do que esses internos fizeram? Do que são capazes de fazer?
– Aquele não parece capaz de muita coisa – disse Luke, apontando para a primeira tela de vídeo.
A imagem mostrava um homem grande, de cabeça pequena e pontuda, agachado no canto da cela. Uma pelugem marrom cobria a maior parte de seu corpo, ocultada parcialmente por uma camiseta branca amassada. Para Natasha, aquela parecia a vestimenta de um doente mental. O homem parecia o cruzamento entre uma aberração circense e um rato. Ele olhou para cima, enrugando o nariz, com os olhos pequenos e brilhantes acompanhando-os conforme passavam.
– Quem é esse?
– Rattus. Ele tem inteligência limitada, mas é muito rápido e extremamente forte – contou Jessica.
O vídeo seguinte mostrava um rosto ainda mais perturbador. O prisioneiro tinha as bochechas azuis inchadas e um focinho de babuíno macho adulto, mas os olhos dourados tinham o distinto formato humano. Vestido com uma jaqueta e uma calça jeans, o prisioneiro parecia estar sentado à mesa lendo um livro. Olhando atentamente, Natasha viu que o título era *Ilusões populares e a loucura das massas*.
– O que é isso? – perguntou Luke. – A seção de crimes contra a natureza?
– Acredito que são classificados de acordo com seus níveis de ameaça – disse Jessica. – Aquele é Mandril, mas seu nome verdadeiro é Jerome Beechman. Os pais dele eram físicos que trabalhavam no Gabão. – Depois de uma pausa quase imperceptível, ela acrescentou: – Houve um acidente no laboratório.

– Natasha lembrou que Jessica havia ganhado seus poderes de um jeito parecido, mas aquilo não era muito incomum. A maioria dos indivíduos com superpoderes ou nasceu com habilidades mutantes ou as adquiriu em algum tipo de experimento científico. O Homem de Ferro era uma das raras exceções.

– Os pais o abandonaram quando ele tinha dez anos – continuou Jessica. – Simplesmente o levaram até o meio de uma parte despovoada da floresta e o deixaram lá, junto de uma garota um pouco mais velha do que ele.

– Que frieza – disse Luke. – Onde está a garota agora?

O sorriso de Jessica pareceu um pouco pesaroso.

– Com uma vida dessas? Ela acabou aqui também.

– Então as mulheres ficam em uma ala separada? – Natasha se deu conta de que não adiantaria nada memorizar aquele andar, se não fosse ali o local onde seria encarcerada.

– Sim – Jessica começou, mas parou quando Luke deixou escapar um xingamento em voz baixa.

– Homem Púrpura – ele disse enquanto passavam por uma tela que exibia um belo homem com porte aristocrático por volta de seus trinta anos com um distinto tom violeta de pele. O modo como Luke disse seu nome soou pior do que qualquer explicação que ele poderia ter dado. – Considerando o nível de ameaça, esse cara deveria estar enterrado na mais profunda cela deste lugar.

– Zebediah Killgrave – disse Natasha. – Eu o conheço. Ele é de Rijeka, Croácia. É seguro permitir que ele nos olhe desse jeito? Achei que pudesse controlar pensamentos apenas pelo contato visual.

Jessica pousou uma mão sobre o braço de Luke.

– Ele está sedado até os poros, Luke. Nem ao menos sabe onde está. Sinto muito, não pensei em como se sentiria ao vê-lo.

Apesar dessa certeza, Natasha evitou olhar nos profundos e heliotrópicos olhos coloridos. Em vez disso, olhou para Luke, que claramente tentava suprimir um poderoso sentimento enquanto passavam pela cela de Killgrave.

– Ele o machucou?

– Não é da sua conta – interferiu Jessica.

– A mim, não – respondeu Luke, claramente sem disposição para explicar nada além disso.

– A esposa dele – disse Clint quando Luke se afastou alguns passos.

– Killgrave capturou a esposa de Luke e convenceu-a... de que ela queria ficar com ele. E então bagunçou a cabeça dela.

– Compreendo – disse Natasha. – Esse é, a meu ver, o pior tipo de abuso. Eu preferiria dor física a tortura psicológica.

Clint não disse nada.

– Achei que você queria conversar – ela disse quando chegaram a um elevador.

– Acho que perdi a vontade – ele disse, fazendo um gesto para indicar que ela entrasse na frente dele. – Você primeiro.

Natasha entrou no elevador e tentou não pensar se iria fazer a viagem de volta. Agora ela entendia que todas as probabilidades iam contra isso. "Leia os movimentos corporais e as expressões", sua velha instrutora, Svetlana Bobkova, sempre lhe dizia. Ela ainda podia ver o rosto redondo e calmo daquela mulher, tão enganosamente maternal, enquanto ensinava à jovem como mentir e detectar mentiras.

Natasha havia aprendido que era fácil mentir com palavras. É o corpo que nos trai, revelando as verdadeiras intenções. Natasha havia aprendido a mentir com seu corpo também, mas a maioria das pessoas não era capaz disso. Ela também havia aprendido a ler os silêncios. Quando alguém para de falar com você, geralmente não é um bom sinal. Para a maioria das pessoas, matar não é algo fácil. Nós paramos de tentar nos comunicar com as pessoas porque precisamos despersonalizá-las. E o fazemos quando precisamos dar cabo de suas vidas.

Natasha olhou de relance para o rosto de Clint enquanto o elevador descia. A pressão em seus ouvidos a fez perceber que, embora houvesse apenas oito botões no painel, estavam descendo uma distância ainda maior, e com maior rapidez. *Eu calculei mal*, ela pensou. *Meu objetivo não estava tão claro em minha mente.* Ela havia abandonado seus antigos chefes, mas ainda não havia aceitado completamente a ideia de se unir aos americanos. Infiltrar-se no aeroporta-aviões lhe parecera uma forma de testar as defesas da S.H.I.E.L.D., e também um bom método de demonstrar a extensão de suas habilidades. Tarde demais, Natasha percebeu que não havia executado os movimentos de xadrez que havia em sua cabeça do modo como havia aprendido. Sua própria ambivalência a impedira de analisar completamente as reações dos oponentes.

A única questão remanescente era: Será que poderia aprender com seu erro, ou aquele teria sido o último?

– Chegamos – anunciou Jessica. – Você está bem? O que você disse sobre claustrofobia há pouco... Está sentindo alguma coisa por estar tão profundamente abaixo do solo?

– Um pouco – Natasha admitiu. Ela não conseguia ver vantagem em esconder aquilo, e revelar sua vulnerabilidade poderia funcionar a seu favor.

– Não acredite nela – disse Clint. – É durona demais para ter fobias. Só está tentando se aproveitar da situação.

Irritada, Natasha endireitou a coluna.

– Vamos logo com isso – ela disse, enquanto as portas se abriam. Respirando fundo, saiu para um longo corredor aberto em meio a rochas. *É como o reino dos gnomos.* Um arrepio de medo atravessou seu corpo ao pensar que ela poderia realmente nunca mais ver o sol ou sentir o ar puro em seu rosto.

Deu um passo para trás e sentiu algo afiado quase furando seu ombro esquerdo. A ponta de uma flecha.

– Cuidado, Ruiva – advertiu Clint.

A pontada de dor a ajudou a limpar a mente.

– Sempre sou cuidadosa – ela mentiu.

– Ninguém é cuidadoso sempre – ele disse. – Muito menos você.

Por um momento, Natasha percebeu um toque de brincadeira, um tom jocoso em seu oponente de luta do aeroporta-aviões. E então se deu conta. *Ele reage a mim quando falo ou ajo sem calcular*

39

cuidadosamente. Para conseguir manipular Clint Barton, Natasha teria que ser ela mesma. *Mas será que eu ainda sei fazer isso?*

Ela pensou na árdua semana final de seu treino como Viúva Negra na instalação conhecida como Sala Vermelha, e como tolamente havia dito à sua colega de quarto, Yelena, que eram como irmãs. Yelena, com os cabelos loiros ainda úmidos do banho, olhou para ela demonstrando algo parecido com piedade em seus olhos cinzentos frios.

– Não somos irmãs, Natasha. Não somos nem mesmo amigas. Como poderíamos? Me diga, qual é o seu filme favorito? Seu autor favorito? O que você usaria para ir a uma festa se não estivesse em uma missão? Você não sabe, porque está sempre em uma missão, ou se preparando para uma. Mas se eu lhe perguntar qual a sua arma favorita, você saberia me dizer, não é? Você sabe muito bem como gosta de matar.

Yelena havia dito aquilo por inveja ou ressentimento, mas era tudo verdade. Natasha não fazia ideia de quem era quando não estava manipulando os outros, porque ela mesma estivera, por muito tempo, manipulando a si mesma.

– Você está terrivelmente quieta – comentou Gavião Arqueiro. – Não está fazendo planos de escapar, espero.

– Não mais do que o habitual...

E se eu tivesse, pensou ela, *encontrado Clint Barton do modo normal, o que teria acontecido?* Mas não fazia sentido ficar conjecturando. Ela não era capaz nem ao menos de imaginar como seria o "modo normal".

O corredor se estendia diante deles, iluminado pela luz artificial das lâmpadas fluorescentes. Não havia telas de vídeo ali embaixo, e as portas sem janelas dos internos eram equipadas com teclados numéricos. Uma grade metálica sob seus pés sugeria a possibilidade de choque elétrico, impedindo a fuga de qualquer prisioneiro, e mesmo assim Natasha detectou o mesmo cheiro antigo, fresco e úmido de pedra e terra exalado pelas cavernas, catacumbas e túmulos.

– Clint? Você me faria um favor? – Natasha agia agora por puro impulso, algo que não fazia desde que tinha sete anos, quando Svetlana e as outras professoras surgiram no orfanato.

– Provavelmente não, mas você pode pedir.
– Se eu não for sair daqui, me mate.
Ela sentiu a imobilidade dele e entendeu instantaneamente. *Foi o que a Comandante pediu a ele quando o chamou para conversarem em particular.*
– Deixo a você a decisão de escolher uma sala para usarmos, Jessica – disse Luke Cage. – Eu não gostaria de abrir a cela errada e me ver frente a frente com...
Ouviu-se um estalo, e as luzes se apagaram.
– Hum... esse tipo de coisa deveria acontecer?
– Não que eu saiba – disse Jessica, parecendo bastante controlada.
– Nossos telefones normais não funcionam aqui embaixo. Alguém pode tatear a parede em busca do intercomunicador?
Enquanto Jessica e Luke procuravam o intercomunicador, eles ouviram gritos e xingamentos abafados vindos de dentro das celas.
– Não comece a ter ideias, Nat. – Natasha sentiu uma das mãos de Clint se fechando em volta de seu braço. Estaria ali para lhe dar apoio porque pensava que ela estivesse assustada, ou para mantê-la presa e evitar que tentasse escapar?
– Há uns caras aqui bem mais assustadores que você.
– Tem certeza disso? – Apesar de tudo, ela estava bem ciente da mão dele em seu braço.
Os dedos dele apertaram ainda mais o braço dela.
– Mantenha as mãos longe das minhas armas.
– Talvez minha intenção fosse pegar a sua mão...
– Não se ensina anatomia no lugar de onde você veio?
Está funcionando, Natasha pensou. *Ele está começando a...*
E então as luzes piscaram e brilharam com um estalo de pico de eletricidade, e uma explosão luminosa de energia atirou Natasha e Clint contra uma parede. Um alarme começou a soar com o ritmo insistente e intermitente de um grito de ajuda animal. Mas foi outro som que motivou Natasha a fazer menção de pegar a arma que trazia sempre presa ao quadril, mas logo se deu conta de que não estava mais ali.

Ao longo do corredor, as portas das celas começaram a se abrir. Atrás de si, Natasha ouviu Clint selecionando uma flecha diferente na aljava. *Ele deve fazer isso apenas com o tato*, pensou Natasha. Não dava para ver nada, ainda.

– Maldição. Se não há energia, por que as celas não se mantêm trancadas?

– Porque alguém as está controlando – disse Natasha, finalmente apta a entender o que estava acontecendo. Ela puxou uma flecha da aljava dele. Clint olhou para ela, mas não fez objeção.

– Jessica – disse Luke. – Você tem uma lanterna?

– Aqui. – Ela acendeu a luz, transformando as sombras ao redor deles em um mar de rostos ameaçadores: um enorme homem obeso com uma cabeça absurdamente pequena, a pequena boca de boneca franzida em um pequeno sorriso; um ser com uma terrível face de morcego fitando-a com olhos brilhantes, sem piscar; as feições verdes e esculpidas de gárgula de um skrull, avaliando-a com sua inteligência alienígena.

– *Bozhe moi* – disse Natasha.

Ela morreria ali embaixo, no fim das contas, e muito mais rápido do que havia antecipado.

4

PETER PARKER sabia que, em certos momentos, a única maneira de sobreviver a uma situação ruim era aceitar uma certa quantidade de punição. Talvez isso não fosse verdade para alguns. Thor, por exemplo, provavelmente não leva uma surra sempre que luta com alguém. Mas Thor é um dos super-heróis da Lista A, daqueles que são cortejados por equipes como Os Vingadores. Dá para ver, só de olhar para ele, que Thor sempre é escolhido para as brincadeiras de queima-troll ou qualquer outra coisa que os deuses nórdicos adolescentes façam para se divertir.

Mas para uma vizinhança acolhedora como a do Homem-Aranha, um pouco de dor e humilhação eram cortesia do território. Por exemplo, quando ele encarou o Dr. Octopus e seu exército de braços prostéticos – que foi ao mesmo tempo agonizante e ridículo.

Havia também os desastres românticos. Qualquer um, quando dá um pega na garota errada, acaba apenas gripado ou no máximo com um caso de mononucleose. Já Peter, quando beijou a garota errada, acabou se transformando numa enorme aranha devoradora de gente.

E, por último, o rompimento com Mary Jane. Peter ainda não podia acreditar que ela não aceitara a justificativa de que ele estava preso e inconsciente como uma desculpa razoável por tê-la deixado esperando no altar. Ou, para ser mais preciso, ela aceitara, mas decidiu que eles não voltariam enquanto ele teimasse em ser o Homem-Aranha. Com certeza ele entendia o ponto de vista dela, e concordava que, de certa forma, eles viviam em mundos diferentes. Mas se ele desistisse de seu estilo de vida balançador de teias, o que diabos faria? Talvez pudesse ministrar um curso especial de ioga na academia mais próxima, ensinando os alunos a ficar de cabeça para baixo. Ou acabar fazendo pequenos vasinhos de teia para vender.

Então, no fim, não havia mesmo muita escolha. Você não pode optar pela garota em troca de desistir de si mesmo. Mesmo assim, naquele momento Peter soube que o término com MJ foi o momento mais depressivo de sua vida.

Agora ele pensava diferente.

– Não há nada de errado com um pouco de humor – disse a loira mal-humorada sentada no sofá diante dele. – O problema é que você usa o humor como defesa.

Peter tentou dar a impressão de que contemplava a verdade por trás daquilo enquanto olhava repetidamente para o relógio. Nove horas. Estava ali havia duas horas, mas sentia como se décadas tivessem transcorrido.

– Quero dizer, em nosso último encontro, você continuou fazendo piadas, mesmo enquanto a gente se beijava. O que diabos isso diz a respeito de quem você é?

Que eu estava tendo o pior encontro da minha vida, pensou Peter. Ele não conseguia se lembrar de quando tinha achado aquela mulher atraente. O perfume que ela usava cheirava a cominho e incenso, e lhe dava vontade de espirrar. Todos os livros em seu apartamento tinham títulos como *O guia atualizado para a autonutrição completa* e *Leite e carne: a política da vaca*. Para o jantar, ela havia servido vegetais fritos sem nenhum sal, acompanhados por aquele glorioso quebra-gelo sem açúcar chamado chá verde. E, o pior de tudo, ela o forçara a ouvir os dois primeiros capítulos de uma série juvenil ainda não publicada sobre uma adorável colegial que descobre ser na verdade a Deusa Grega da Agricultura.

••••

Peter tentava calcular quanto tempo mais ele teria de permanecer no apartamento de Anthea para que ela não ficasse ofendida. Mais meia hora? Uma hora? O tempo necessário para mostrar que ele não era o tipo de babaca que dava em cima de uma garota, se aproveitava dela no primeiro encontro e em seguida desaparecia sem deixar rastro. A pior parte daquilo tudo era que ela morava no Queens, a apenas alguns quarteirões dele.

– Sabe, Peter, quando você me ligou ontem, eu quase disse que não queria vê-lo de novo.

Mas então eu me dei conta de que ainda não havia torturado minha cota semanal de almas masculinas, pensou Peter. Em voz alta, ele emitiu um vago grunhido, tentando simular interesse. Havia uma caneta na mesinha de canto. Peter a pegou e começou a revirá-la entre os dedos.

– Já me traumatizei muito no passado em relacionamentos com homens imaturos, sabe.

– Hum – Peter passou a caneta em volta do indicador e dedão, do modo que costumava fazer nas aulas de Estudos Sociais.

– Na verdade, antes de conhecê-lo, eu estava pensando em me tornar celibatária.

– Estou pensando nisso agora.

– Como é?

– Eu estava noivo tempos atrás, e acho que me precipitei começando a sair novamente.

Pela janela, Peter ouviu o ruído familiar de uma sirene da polícia. De onde estava sentado, podia ver as dúzias de luzes refletidas nas janelas do prédio do outro lado da rua. *Cada uma das pessoas naquele prédio*, pensou Peter, *está tendo uma tarde melhor do que a minha.*

– O que você está querendo dizer? Que eu fui um casinho, apenas pra você se sentir melhor? Que você não quer mais me ver? Por favor, para de mexer essa caneta!

Voltando a olhar para o rosto pálido e irritado da moça, Peter abriu a boca para dizer algo sobre não estar se sentindo muito bem.

E então as luzes se apagaram.

45

– O que houve? – Anthea tentou ligar a luminária perto do sofá.

– Será que estourou um fusível?

– Acho que não – disse Peter, indo até a janela.

Ele olhou para além das janelas escuras do prédio do lado oposto da rua, na direção do East River. Houve um forte estalo parecido com um trovão, e, por uma fração de segundo, Peter pensou ter visto um enorme raio atingindo a Ilha Ryker. E então um segundo raio seguiu o primeiro, e Peter entendeu: aquilo era obra de engenharia, e não uma manifestação da natureza. Aquela enorme onda de energia elétrica estava vindo *do* complexo presidiário da ilha ou, o que era mais ameaçador, vindo de baixo.

– É um apagão? – Anthea se aproximou por trás dele, colocando a mão no ombro de Peter.

– Anthea, você tem uma lanterna?

– Sim, acho que sim. Na cozinha.

– Pode ir buscar?

– Claro – disse Anthea. – Só um momento.

Do outro cômodo, Peter a escutou dizendo algo sobre "crises que aproximam as pessoas" e "o poder elemental da escuridão". Naquele ponto, ele já estava sem os sapatos, revelando as botas finas e flexíveis que vestia sob eles. Por sorte, Peter havia vestido o uniforme do Homem-Aranha por baixo das roupas, pois tinha a intenção de fazer a patrulha depois que terminasse com Anthea.

– Não consigo encontrar a lanterna – Anthea disse do outro cômodo. – Mas eu tenho umas velas por aqui.

Peter deixou a camisa, a calça e a carteira em um monte no meio da sala. Claro que ela acharia aquilo esquisito, e ele teria de encará--la na manhã seguinte quando fosse pegar suas coisas, mas não havia nada que pudesse fazer a respeito naquele momento.

– Sabe, talvez isso seja algum tipo de sinal... – disse Anthea.

– Você entendeu direitinho – Peter murmurou em voz baixa.

Subindo no parapeito da janela, Peter se lançou para dentro daquela noite de novembro, permitindo a si mesmo alguns segundos de queda livre antes de ativar o lançador de teias do pulso direito. Ele mirou o poderoso jato de fluído de teia em um edifício e então sentiu o familiar puxão da teia se prendendo, tornando-se instantaneamente uma fina e enganosa, porém forte, corda. *Como eu poderia desistir disso?*, pensou Peter enquanto lançava o corpo para a frente, pressionando o centro da palma para liberar uma segunda teia.

Talvez fosse exagero dizer que ele sentiu um barato de adrenalina, dadas as circunstâncias. Mas, um minuto antes, ele estava se sentindo um fracassado, um mero objeto, e agora era um homem com uma missão.

Peter fez uma pausa no topo de um edifício, olhando fixamente para o Macneil Park, e sentiu seu humor despencar. Não havia edifício entre ali e a Ryker, apenas o gelado East River. *Bolas*. O uniforme vermelho e azul do Aranha não era exatamente à prova d'água, e ele não gostava da ideia de ter de nadar mais de um quilometro até a ilha.

Mas, bem no instante em que Peter estava quase indo para a ponte da 19ª Avenida, escutou o estrondo rítmico das hélices de um helicóptero acima dele. *Eis a minha carona*, ele pensou, e então hesitou, tentando estimar o peso. *Ah, bem, a vida é feita de desafios*. Peter estendeu o braço direito e flexionou o pulso com força, enviando a teia para se prender à fuselagem da aeronave.

Por alguns momentos gloriosos, Peter aproveitou a viagem gratuita por sobre o East River. Mas, no momento em que as docas se tornaram visíveis e o helicóptero começou a descer, fez-se um estalo, e o clarão de um raio iluminou o céu. Uma rajada de fumaça negra irrompeu do helicóptero, e Peter teve tempo apenas de arquear o corpo, desviando do metal cadente antes que ele explodisse em uma bola de fogo.

Enquanto mergulhava em direção ao rio, Peter se lembrou de algo que um amigo havia dito a respeito de saltar de uma ponte: *Deixe os pés retos, ou vai quebrar os tornozelos*. Peter endireitou os pés e mergulhou na água como um míssil, descendo em linha reta por algo que lhe pareceu um longo período. *Talvez eu não devesse ter fugido do encontro*, pensou Peter enquanto nadava de volta à superfície. De repente, o apartamento de Anthea não parecia um lugar tão horrível.

47

Com os pulmões prestes a explodir, Peter finalmente chegou à superfície. Ele respirou fundo, ingeriu um monte de água com gosto horrível e novamente buscou por ar. A água estava tão gelada, que era difícil mover braços e pernas do modo correto. Enquanto Peter se dirigia à doca, ou ao que ele esperava ser a doca, ouviu outro estalo de trovão, seguido por uma gelada chuva de granizo. *Simplesmente ótimo. Aposto que isso nunca aconteceu com o Homem de Ferro.*

Tremendo muito, Peter precisou de duas tentativas para içar o corpo para fora da água fria, usando as brechas na doca de metal como degraus. No fundo de sua mente, Peter sentiu o zumbido estático de seu sentido aranha lembrando-o de que estava se encaminhando diretamente para algo muito ruim. *Supondo que eu sobreviva a isso*, pensou Peter, *não tenho nem ao menos uma carona até em casa.*

Agarrando a borda de uma doca com os dedos dormentes, Peter se ergueu o suficiente para ver o brilho alaranjado dos fragmentos do helicóptero em chamas. E no momento em que se perguntava se teria forças para alçar o resto do corpo para cima da doca, ele olhou para cima e viu Capitão América, com o traje vermelho, branco e azul rasgado e um pouco chamuscado, estendendo-lhe a mão sob a luva vermelha.

– Peguei você – ele disse, erguendo Peter até a área de pouso.

– Com licença, Capitão – disse um agente da S.H.I.E.L.D. com um distintivo do grupo de operações especiais no uniforme. – Já isolamos o perímetro e estamos trabalhando para conter as chamas. Uma equipe está vestindo os equipamentos de proteção e se preparando para entrar na instalação assim que o fogo for extinto.

– Entendido, tenente. Há algum segurança disponível?

– Apenas os que não ficaram seriamente feridos na explosão, senhor.

– Bem, coloque-os em ação. Temos um mapa da área que fica imediatamente abaixo do local da explosão?

– Nenhuma cópia impressa, e a energia ainda não voltou.

– Peça aos seguranças que desenhem o caminho. Não queremos entrar lá às cegas.

O agente da S.H.I.E.L.D. se virou e começou a berrar comandos para as outras tropas.

— Fico feliz em vê-lo por aqui, Homem-Aranha — disse Capitão América, voltando-se novamente para Peter. — Como pode ver, estamos um pouco desfalcados.

— Bem, estava faltando um pouco de adrenalina na minha noite — disse Peter, notando que o Capitão parecia ainda mais heroico com o uniforme rasgado.

— Por acaso você teria uma calça de moletom sobrando? Estou ensopado até os ossos.

— Sinto muito, este está sendo um desvio inesperado. Imagino que você não tenha a menor ideia do que está acontecendo aqui, não é?

— Alguém andou usando além da conta o secador de cabelo iônico?

— Capitão América pareceu não achar graça naquilo, então Peter tentou uma tática diferente. — Bem, Cap, eu acabei de chegar. Esperava que *você* pudesse me atualizar da situação.

— Entendi...

Capitão América virou-se para observar os homens e as mulheres que tentavam apagar os fragmentos do helicóptero em chamas com extintores de incêndio. A chuva forte e insistente agia a favor deles, e Cap voltou sua atenção para a Balsa, ou para o que era visível dela sob aquele ângulo. A explosão elétrica havia se concentrado no lado norte do edifício, em uma pequena seção elevada do andar principal da prisão subterrânea. Havia um buraco enorme no telhado daquela seção, e os vidros de todas as janelas tinham se estilhaçado com a violência da explosão. Pelas rachaduras nas paredes acima, era evidente que algum tipo de dano estrutural fora causado, mas seria impossível avaliar a extensão disso ali do térreo.

— Maldição. — Capitão América parecia triste enquanto observava um agente ferido sendo retirado das chamas na direção da estação de primeiros socorros improvisada. Quatro guardas com queimaduras de segundo grau já estavam ali, recebendo cuidados e inalando oxigênio.

— Precisamos entrar lá, e rápido.

Cap voltou-se para Peter, que tentava ao máximo suprimir os violentos tremores que dominavam seu corpo. Ele quase pôde ouvir os pensamentos do Capitão: *Que ótimo, é com isso que eu vou ter que trabalhar.*

– Está certo, eu vou na frente, já que estou com o escudo, soldado – Cap disse a um jovem vestido com o traje de proteção. – Quantos de seus homens estão prontos para o combate?

– Cerca de vinte. Temos quatro feridos aqui e seis presos atrás de uma seção cujo teto desabou no segundo andar, mas não faço ideia do que esperar quando entrarmos lá. Não há comunicação com ninguém abaixo do Nível B.

Está certo, Peter. Hora de fazer algo útil. Assim que terminou o pensamento, Homem-Aranha já estava no alto do edifício de dois andares. Daquele ponto de vista, o céu e a água tinham tons de cinza idênticos, e eram separados pela silhueta de Manhattan. O vento soprava a chuva gelada para o lado. Contra esse sinistro plano de fundo, brilhantes chamas alaranjadas vindas do helicóptero caído iluminavam a doca inferior da Balsa. Não havia sinal da luz azul e branca incandescente que Peter tinha visto atravessando o teto durante a explosão.

No chão, Capitão América ainda fazia planos.

– Está certo, então, vamos nos dividir em três grupos – disse ele. – Homem-Aranha, você pode liderar... Homem-Aranha?

Peter esticou a cabeça pela lateral do teto.

– Já estou aqui.

Capitão América balançou a cabeça.

– Agradeço sua iniciativa, mas a última coisa de que precisamos é sair por aí despreparados.

– Engraçado, é exatamente o que a garota com quem eu estava há pouco me disse.

Peter sentia a superfície do telhado quente e queimada sob os pés enquanto se aproximava da fissura que havia sido aberta.

– Sabe, eu tinha a impressão de que toda essa estrutura era reforçada com adamantium e vibranium. Tsc, tsc. Não se pode confiar nos construtores na hora de escolher materiais.

– Homem-Aranha, você deve esperar reforços!

Peter rodeou cuidadosamente o buraco no teto, evitando as seções que ainda esfumaçavam.

– Não estou planejando fazer uma viagem ao mundo subterrâneo desacompanhado. Só estou dando uma olhada, para ter uma ideia do que está... – Peter parou, espiando o espaço escuro e cheio de destroços lá embaixo. Não havia sinal de movimento, mas sua pele se eriçava como se unhas estivessem raspando um quadro negro.

– Opa. Estou tendo uma sensação ruim por aqui.

– Que tipo de sensação ruim?

– Do tipo que diz que a noite provavelmente não vai acabar bem.

– Estou subindo – disse Capitão América.

Subitamente, Peter escutou um estrondo. Uma bola incandescente de luz violeta precipitou-se em sua direção pelo buraco no teto, e então houve um segundo estrondo, ainda mais violento. Peter sentiu uma dor lancinante, e tudo ficou branco.

Quando voltou a si, Peter estava deitado de cara no chão perto da fissura, olhando através dos pedaços retorcidos de metal e pedra esmigalhada. Precisou de um momento para focar o que estava vendo. Quando conseguiu, era como olhar para dentro de um dos círculos mais profundos do inferno. Vários rostos maldosos o encaravam, com feições distorcidas por mutação, crueldade ou algum tipo de combinação das duas coisas.

O tempo pareceu desacelerar por um segundo enquanto Peter tentava reconhecer alguns daqueles vilões: Conde Nefária, elegante com seus cabelos prateados e capaz de destruir um tanque de guerra com apenas uma mão; Armadílio, com suas placas exteriores alaranjadas; Crusher Creel, com a cabeça careca brilhante e traços fortes de boxeador, assustador até mesmo sem seus poderes absorventes, que lhe permitem tomar para si os atributos de qualquer substância que toque; Max Dillon, usando seu velho traje verde e amarelo de Electro, dando risadinhas como um sociopata de meia-tigela e acariciando o gatinho que tinha no colo.

– Homem-Aranha – saudou Electro. – Não seja tímido. Desça aqui e venha brincar com a gente.

– O que foi? O que você está vendo? – a voz do Capitão América soava muito distante.

– Um pessoal não muito amigável – respondeu Peter, e então foi puxado para o meio da multidão. Alguém arrancou sua máscara. Houve gritos de "Mate-o!". Outra voz, baixa e calma, disse:

– Não. Podemos usá-lo como refém. – Mãos pesadas o ergueram, puxando seus braços e suas pernas em direções opostas. Um punho atingiu-o no olho, ofuscando sua visão e bagunçando seus pensamentos. Outro golpe, dessa vez no ouvido, o deixou com a cabeça zunindo.

Electro disse:

– Espere! Minha vez! – Um choque elétrico percorreu o corpo de Peter, e ele gritou em desespero.

Quando sua visão clareou, Peter viu um rosto fraturado e cheio de cicatrizes, como um quebra-cabeça mal-montado.

– Lembra-se de mim? – Seu hálito tinha um odor cru, como o de carne ensanguentada. Um dos olhos, praticamente solto da cavidade, olhava para Peter com um prazer sádico.

– Demos uns amassos no seu carro? – As palavras saíram sem querer, por impulso. Peter sabia que se arrependeria.

– Boa resposta. Agora é a minha vez.

Ouviu-se um estalo. Sentindo uma dor atroz no pulso, Peter caiu numa espiral de escuridão. Era algo parecido com cair de um helicóptero direto no East River. Mas dessa vez ele não voltou à superfície.

5

CLINT SABIA que a Balsa abrigava 87 dos criminosos mais perigosos do mundo. Sob o brilho fraco das luzes de emergência ao longo do andar, ele podia ver dúzias deles reunidos no corredor, mas se consolou por saber que não poderiam atacá-lo de uma só vez. *Apenas quatro caras podem atacar alguém ao mesmo tempo. Talvez cinco.* Seja como for, quatro ou cinco caras de uma vez só; Clint podia dar conta de uma luta dessas.

A luz da lanterna de Jessica iluminava os rostos na escuridão. À primeira vista, os cinco vilões mais próximos de Clint pareciam bastante normais, embora a aparência pudesse enganar. Três deles, no entanto, eram claramente meta-humanos. Carnificina, a criatura vermelha e negra de aparência horrível e dedos compridos, era um deles. O cara de macaco do Mandril era outro. E Zebediah Killgrave, belo como um astro de cinema e púrpura como uma violeta, possivelmente era o mais perigoso de todos.

Felizmente, o Homem Púrpura parecia estar ainda sob o efeito de algum tranquilizante usado na Balsa para controlar a mente dos detentos. Ele remexia os dedos e ria tranquilamente consigo mesmo.

Apenas por segurança, Clint escolheu uma flecha e a apontou para o Homem Púrpura. No segundo em que Killgrave erguesse o olhar, Clint o derrubaria. Houve uma oscilação de luz e um zumbido. *Os geradores de emergência devem estar ligando*, Clint se deu conta.

Por um momento, todos ficaram apenas ali parados, como um grupo de moleques olhando para uma gangue rival. O ar estava carregado de violência, tão palpável como o cheiro de ozônio e de fios queimados, mas todos pareciam esperar algum sinal invisível.

– Ah, enviaram umas garotas para nós – disse Mandril, olhando de Jessica para Natasha com um sorriso símio de prazer na cara. – Eu quero a ruiva.

– Desculpe, macacão, mas você não faz meu tipo.

– Doçura, é porque meus feromônios ainda não a atingiram. Tenho agentes biológicos em meu sangue que podem me transformar no tipo de qualquer mulher.

– Não ligo se você gosta de brincar com a comida – disse Carnificina, mexendo de maneira sugestiva um de seus dedos vermelhos. – Eu só peço que passe ela para mim quando acabar.

Killgrave deu uma risadinha nervosa, e então se agachou em um canto.

– Azul-lavanda, tolinho, tolinha – ele cantou suavemente para os dedos roxos. – Verde-lavanda. Quando eu for rei, tolinho, tolinha, minha rainha quem vai ser já sei.

– Terei que desapontá-los, caras – disse Luke, olhando para Killgrave antes de se dirigir a Mandril e aos outros –, mas, na verdade, este vai ser o ponto alto do seu dia. Vocês poderão se lembrar dele quando voltarem às suas celas, apostando qual das baratas chega ao vaso sanitário primeiro.

– Ah, eu não sei nada sobre isso – disse um bonitão com os cabelos prateados na região das têmporas e um sutil sotaque italiano.

Ótimo, pensou Clint. *Esse deve ser o Conde Nefária.*

– Acho que seu pequeno grupo está em menor número e num nível muito abaixo de nós.

Jesus, pensou Clint, *ele não está brincando.* Nefária havia sido um chefão do crime, até consumir todo o seu dinheiro em experimentos científicos. Agora, devido a uma série de tratamentos com energia iônica, Nefária era um dos poucos indivíduos do planeta capazes de encarar o Thor de igual para igual.

– Estamos? Mas você está sem seus poderes – disse Jessica. – Além disso, Gerhardt e Leighton não têm nenhuma arma à mão.

– Moça, eu sou Degolador e ele é Matador de Idiotas – disse Daniel Leighton. Enquanto esteve na prisão, ele tinha feito algumas tatuagens azuis com imagens de facas na garganta e nos antebraços. – Nós não precisamos de armas.

– Nós *somos* armas – complementou Kurt Gerhardt.

Com certeza, pensou Clint, *os dois tinham ficado amigos na prisão*.

Um homem de rosto comprido e óculos grossos deu um passo à frente.

– E Deus está do nosso lado, meretriz com cabelos de corvo.

Clint presumiu que aquele fosse Arthur Blackwood, também conhecido como Cruzado.

Jessica olhou para Clint.

– Por que ele acha que sou meretriz? Fiz alguma coisa particularmente inapropriada?

Clint deu de ombros.

– Talvez por causa de suas roupas.

Jessica se voltou para Cruzado, apontando o polegar na direção de Clint.

– A roupa dele é tão justa quanto a minha. E *a dele* não tem mangas.

Blackwood ajeitou os óculos no nariz.

– Não fale comigo, devassa! Minha fé tem poder, eu não serei tentado por sua carne lasciva!

A verdade infeliz era que a fé de Blackwood realmente lhe conferia poderes. Ele ergueu a mão direita, fazendo uma espada surgir do nada, e então se lançou para cima de Jessica. Como se aquele fosse o momento que estavam esperando, todos se moveram juntos, alguns atacando, outros fugindo.

Luke Cage abriu caminho entre os internos, distribuindo socos e golpes com seus poderosos punhos enquanto corria de um lado para o outro, jamais ficando no mesmo lugar por mais de um instante. Natasha, vendo a chance de usar como escudo o corpo à prova de balas do companheiro, o seguiu, desferindo chutes com uma graça letal sempre que via uma abertura.

Luke não vai deixá-la se afastar, Clint tentou se convencer enquanto posicionava uma flecha no arco. Um interno sorridente, de aparência derretida e estranha, tentou segurar o braço de Clint. Ele o nocauteou com o cotovelo e continuou a carregar o arco.

Pelo canto do olho, ele captou um movimento: Blackwood encurralava Jessica com a espada em riste.

– Peguei você, libertina! Você pensa que pode encher minha mente de desejos lascivos, mas eu prevalecerei!

– Acho que as suas sessões de terapia na prisão não ajudaram muito – disse Jessica, apontando a arma para a mão de Blackwood.

– Psiquiatras são ferramentas do... ai! – Cruzado soltou a espada e levou a mão ao ombro assim que a bala o atingiu no braço. – Ai! – Subitamente, ficou cabisbaixo. – Meu Deus, como foi que Te ofendi?

– Talvez Ele não goste que você me chame de meretriz – disse Jessica, já mirando uma nova ameaça. – Clint, Nefária está fugindo!

Clint disparou quatro flechas numa rápida sucessão, prendendo o homem mais velho a uma parede com as mesmas flechas magnéticas reforçadas por adamantium que usara para segurar Viúva Negra pouco antes.

Ao contrário de Viúva, Nefária se libertou delas com uma facilidade irritante.

– *Scusi*, meu amigo, acho que quebrei seus palitos de dente. – Nefária atirou as pontas das flechas com uma força assustadora, mas Clint desviou-se delas. E já estava recarregando o arco quando algo o atingiu na lateral do corpo.

Exibindo as presas, Mandril emitia uma série de grunhidos roucos e ofegantes. Clint não precisava falar a linguagem babuína para saber que estava sendo ameaçado.

– Mandril, tire esse hálito de macaco da minha cara. – Clint virou o mutante de costas e em seguida usou o arco para bloquear um poderoso chute giratório. *Merda. Nenhum sinal de Nefária.*

– Sem o arco, você é apenas um homenzinho insignificante – escarneceu Mandril, puxando o recurvo das mãos de Clint com uma força desumana.

Como se sentissem cheiro de fraqueza, mais três internos o cercaram: um deles tinha o rosto parecido com o de um cadáver retalhado, e os outros dois eram apenas borrões na visão periférica de Clint.

– Pelo menos eu não tenho essa cara vermelha de bunda.

Clint puxou o cinto das calças e o girou, com a fivela para fora, descrevendo um veloz arco no ar. A fivela abriu um corte no rosto de Mandril, perto do olho direito. Ele deixou cair o arco de Clint e fugiu.

Enquanto Clint enfrentava os outros três capangas, avistou Natasha tentando se desvencilhar de Matador de Idiotas e Degolador. Matador de Idiotas a segurava pelos braços, mantendo-a presa, enquanto Degolador erguia a mão para golpeá-la. Chutando alto, Natasha fez seu atacante voar longe antes de dar uma cabeçada no homem atrás dela.

– Ela está se virando – disse Luke, que golpeava Carnificina. – É uma garota e tanto essa que você tem.

– Ela não é minha garota – disse Clint.

Na verdade, talvez eu tenha de matá-la.

– Que tal se eu estripar esse seu traseiro feio? – sibilou Carnificina. Seus dedos pontudos haviam tomado a forma de chicotes, que ele lançou contra as costas e os ombros enormes de Luke.

– Sinto muito, Cletus. Pele inquebrável.

– Então terei que enfiar meu dedo em seu ouvido e esmagá-lo.

– Isso, sim, foi maldoso – disse Luke, lançando Carnificina contra a parede. – Jess? Precisa de ajuda?

– Não, já peguei este aqui – disse Jessica enquanto colocava algemas em um homem com uma sereia tatuada no bíceps.

– Senhorita, acho que isso não está totalmente correto – disse o homem.

– Ah, droga – disse Luke. – Jess, esse é Morrie Bench!

Jessica franziu as sobrancelhas.

– Há um supervilão aqui chamado Morrie?

– Eu mesmo, mas você pode, é claro, me chamar de Homem Hídrico – disse Morrie, com as mãos se dissolvendo em água.

– Tudo liberado na área três – alertou Clint, recuperando seu arco.

Ele tinha um neutralizador químico em uma das flechas, que poderia reverter a transformação de Morrie, mas não havia tempo para sacar a flecha e se preparar. Morrie Bench já tinha se tornado um homem na forma líquida, e então começou a avançar, aumentando seu volume corporal.

– Segure a respiração! – gritou Clint.

Clint segurou o cinto de Natasha no exato momento em que uma poderosa onda de água derrubou todos eles. Em questão de segundos, o corredor já estava submerso. Ele tentou nadar com a forte corrente, alerta para encontrar alguma forma de sair daquela situação. Travou o olhar com o de Natasha por um momento; para seu alívio, ela parecia completamente focada e calma. *Claro que ela está assim, idiota. Ela é a Viúva Negra.*

Quando Clint já estava tanto sem opções quanto sem ar, viu Luke Cage atravessando uma porta, e então nadou na direção dele, com Natasha ao seu lado. Uma rampa os levou para cima, e o volume de água diminuiu.

Clint ficou alguns segundos apoiado nas mãos e nos joelhos para tentar recuperar o ar, antes de conseguir olhar para cima e analisar seu redor apropriadamente. Estavam em outro corredor, no qual havia um enorme buraco no teto. Um grupo de internos estava reunido, aparentemente se revezando para dar socos e chutes em alguma alma desafortunada.

– Ah, Deus, espero que não seja um guarda – disse Jessica, tossindo água.

– Ei – gritou a alma desafortunada. – Uma ajudinha aqui?

Clint, Jessica e Luke se aproximaram, repelindo os vilões e derrubando-os num surpreendentemente eficaz esforço em equipe. Um dos homens ergueu as mãos quando Clint estava prestes a golpeá-lo.

– Pare! Sou médico. Não faço parte desse grupo, acredite em mim. Se quiser, posso dar uma olhada nos ferimentos de seus amigos. – O homem tinha um sotaque incomum... Grego? Romano? Algo em seu rosto fez Clint hesitar.

– Apenas estenda as mãos – pediu ele.

Clint algemou o homem com uma boleadeira e voltou sua atenção à luta. O grupo tinha se dispersado, e agora ele podia ver o jovem que tinha levado a surra. Clint se deu conta de que aquele não era outro interno. Mesmo com o olho esquerdo fechado por conta do inchaço e o nariz sangrando, o traje vermelho e azul com desenhos de teias era inconfundível.

Luke estava ajudando-o a se levantar.

– Perdeu a máscara, garoto.

– Não se preocupe – disse Homem-Aranha, parando para cuspir sangue. – Ninguém vai me reconhecer por pelo menos uma semana... Ah, que inferno, minha cabeça está apitando de novo... Ei, você, cuidado!

Clint se virou a tempo de ver um monstro vindo em sua direção. Da cintura para cima, era um homem grande, com cabeça de serpentes; da cintura para baixo, uma aranha gigantesca. Clint pegou uma flecha e levou a mão até o arco. Não estava lá. *Droga, a correnteza.*

No momento em que aquela coisa homem-cobra-aranha ergueu duas de suas pernas aracnídeas, um disco de metal surgiu girando no ar e derrubou o monstro. Enquanto Clint observava, o escudo – com seu distinto padrão vermelho e branco, com uma estrela no centro – voltou e atravessou o buraco no teto. No instante seguinte, Capitão América emergiu com o escudo afivelado no braço.

Nossa, se meu arco fizesse isso!, pensou Clint.

Capitão América irradiava confiança, mesmo com o traje queimado e rasgado.

– Desculpe se demorei a chegar – ele disse ao Homem-Aranha.

– O quê? Não lhe pareceu que eu tinha tudo sob controle? – Homem-Aranha tentou parecer casual, mas seu rosto terrivelmente machucado o denunciava. Ele respirou com força enquanto fazia um curativo de teia em volta do pulso esquerdo.

As luzes acima piscaram e enfraqueceram, e então voltaram a brilhar. Quase ilegível sob a luz instável, uma placa sobre a porta advertia os guardas de que verificassem e trancassem cada seção antes de abrir a próxima.

– Clint, olhe – Jessica apontou para dois seguranças mortos, deitados com o rosto para baixo na água rasa.

– Eu estava me perguntando onde teriam ido parar os guardas – disse Luke, sacudindo a cabeça. – Aposto que muitos acabaram como esses dois.

– Bem... – disse Capitão América, ao mesmo tempo em que Jessica. Eles olharam um para o outro, e então Capitão América continuou. – A primeira coisa que precisamos fazer é descobrir quem está solto por aqui. Eu devo ter derrubado meia dúzia deles enquanto vinha para cá, então resta cerca de 75, menos os que vocês devem ter conseguido capturar.

Ele parou. Houve um silêncio constrangedor.

– Ok, então vamos presumir que 75 caras fugiram.

– Você realmente precisa se atualizar, Capitão – disse uma voz feminina perto da porta. A dona da voz, usando camiseta branca e jeans, como os internos masculinos, parecia uma vampira: pele branca como giz, cabelo dividido ao meio, sorriso com longas presas e unhas compridas, de aparência ameaçadora. – Nem todos aqui são caras, sabia?

Atrás dela, outras internas femininas sorriam.

– Agora, vejamos, qual dos porcos devo estripar primeiro?

O ruído babuíno do grito de batalha de Mandril o precedeu enquanto ele entrava ali. Ele parou, com um olhar de surpresa quase cômico no rosto.

– Nekra?

A vampira deu um passo à frente.

– Jerome?

Imediatamente, os dois estavam entrelaçados em um abraço íntimo, devorando-se mutuamente em um beijo ardente.

– Nossa, eu realmente espero que eles não planejem ter filhos – disse Clint, desviando-se rapidamente quando uma mulher enorme com aparência de trasgo tentou lhe aplicar um golpe na cabeça.

– A atração não acontece apenas pela aparência – disse Jessica, enquanto enfrentava uma loira magricela de olhos vermelhos.

– Cuidado com aquela ali – disse Capitão América, bloqueando um golpe de uma interna que devia ter mais de dois metros. – É a Dama Tóxica. Não a deixe sangrar em você.

– Se alguém quer saber, as mulheres daqui são piores que os homens – disse Luke. Ele passou uma rasteira em Montanha, que pisava com força no chão, fazendo o solo tremer.

– Você realmente acha isso, Cage? – Killgrave, o Homem Púrpura, junto de outros seis internos, vinha caminhando na direção de Luke; mas o perigo real era o próprio Killgrave, que não mais parecia sedado e indefeso. – Acho que você está errado. Na verdade, acho que você está tão errado, que deveria matar todos os seus amigos... e depois se matar.

– Matar... todos... os... meus... amigos...? – O olhar de Luke parecia distante, estranho.

– Ah, é tão delicioso ouvir essas palavras. Acho que é ainda mais doce do que quando convenci sua mulher a se ajoelhar e me venerar.

Killgrave fez um beicinho, como se estivesse beijando alguém.

Luke ainda encarava Clint. Enquanto Clint tentava descobrir a melhor estratégia para enfrentar um oponente com força muito superior e pele impossível de ser rompida, sentiu Natasha pressionando algo em suas mãos: o arco. Ela deve tê-lo encontrado no chão. E o devolveu a ele.

Clint sabia muito bem o que aquilo significava. Inferno, eles estavam cercados, e o arco não seria o tipo de arma que ela escolheria, mesmo assim, sentiu uma pontada de inquietação. Era muito difícil ter de matar alguém a uma distância tão próxima, ainda mais alguém que havia lutado ao seu lado.

Mas não podia pensar muito sobre o assunto naquele momento. Tinha de se manter focado, observando os olhos de Luke, e descobrir o primeiro movimento de Luke antes que ele o executasse.

– Killgrave. – A voz de Cage soou grossa, quase como se ele estivesse drogado. – Seus... poderes.

– O que há com eles?

– Eles ainda não voltaram. – Conforme falava, Luke se virou e golpeou o rosto de Killgrave com a palma da mão. Depois disso, demarcou cada golpe com uma ofensa diferente. Clint conseguiu distinguir aleatoriamente algumas palavras: "esposa", "filho" e "difícil dizer 'tio' sem nenhum dente", seguidas por mais alguns impropérios selecionados.

– Achei que a palavra mais forte que Luke usava era "cacetada!" – comentou Homem-Aranha, terminando de enrolar a última das internas femininas em uma teia.

– A esposa dele está tentando fazê-lo parar de xingar. Acho que ele está devendo umas moedinhas para o pote dos palavrões – disse Jessica.

Depois de alguns segundos, Homem Púrpura caiu desacordado. Clint e Capitão América afastaram Luke.

– Calma, Luke – disse Capitão.

– Olhando pelo lado bom – disse Natasha –, agora só temos 74 com os quais nos preocupar.

Subitamente, ela fez um movimento brusco, empurrando Jessica com força contra uma parede.

– Mas o que...

– No teto! – Natasha apontou para a forma alienígena e vermelha de Carnificina deslizando na direção deles.

Jessica tentou disparar sua arma, mas nada aconteceu.

Ela deve estar sem munição, pensou Clint. Ele disparou três flechas na cabeça de Carnificina. Uma delas atingiu o olho da criatura e as outras duas acertaram a garganta e o peito, mas aquilo aparentemente não o desmotivou, pois seus músculos estavam tensos como os de um gato.

Enquanto Clint disparava uma flecha explosiva, Jessica jogava a arma para o lado e erguia as mãos, como se ainda fosse capaz de disparar feixes bioelétricos.

– Nada funciona! – Ela parecia furiosa, ou seja, estava assustada.

– Quem sabe como lidar com essa coisa?

– Eu posso tentar. – Homem-Aranha esticou os pulsos, e jatos de teia foram disparados, cerrando Carnificina em um casulo improvisado. A criatura se debatia, mas as teias o mantinham preso. – Isso vai detê-lo, mas não por muito tempo.

Natasha assoprou um fio de cabelo que caíra em seu rosto.

– O que é essa coisa?

Homem-Aranha olhou para ela.

– Por fora, um alienígena simbionte esponjoso, com recheio cremoso de sociopata. E quem é você?

– Não é uma de nós – Jessica respondeu por ela.

– E não é uma deles.

– É uma prisioneira sob nossa custódia – explicou Clint –, mas, neste momento, está trabalhando conosco.

– E nós precisamos de toda ajuda possível – disse Capitão América.

– Coitadinhos dos super-heróis – Carnificina tentava furar o casulo que o prendia, fazendo com que estranhos caroços surgissem na superfície. – A maioria de nós já deve estar perto da superfície neste momento. Vocês não podem vencer essa.

– Ei – disse Luke, espiando cautelosamente um canto escuro. – Alguém viu o Menino Babuíno e a Garota Vampira? Ou eles encontraram um quarto, ou saíram para passar a noite na cidade.

Dentro do casulo, Carnificina riu.

– Vocês estão per-den-do!

Peter mexeu o pulso e acrescentou outra camada de teias, abafando as palavras de Carnificina.

– O que foi? Não consegui entender.

– Mas ele está certo – disse Capitão América. – Isso está saindo do controle. Precisamos voltar para a superfície e deter qualquer um que tente escapar.

– Boa ideia – concordou Jessica, tentando abrir uma das portas. A passagem levava a um corredor repleto com mais portas. – Estamos muito abaixo da superfície para conseguir usar o celular, mas acho que podemos conseguir sinal se subirmos até o nível B.

– Por aqui – disse Clint, e puxou com força a maçaneta de uma porta, mas ela não abriu. – Está presa a algo.

– Aguente aí – disse Luke.

Ele arrancou a porta das dobradiças, revelando a cadeira que havia sido colocada contra ela. A escadaria de incêndio havia sido pintada de cinza metálico e cheirava a poeira e fumaça de cigarro; claramente, era usada apenas por seguranças que se escondiam para tirar uma pausa extraoficial para o cigarro.

– Ok – disse Capitão América. – Vamos nessa!

Os passos de todos ressoavam nos degraus de pedra e metal, e ninguém tentou conversar. Eles chegaram à escadaria no oitavo andar subterrâneo; no quarto andar, encontraram um segurança morto. Os olhos castanhos do homem estavam arregalados, em choque, e ele tinha uma enorme ferida aberta no peito.

– Desarmado – disse Clint, verificando o corpo do homem. Suas mãos surgiram sujas de sangue.

– Temos que seguir em frente – disse Capitão América.

Clint limpou as mãos nas calças, e então fechou os olhos do guarda morto antes de seguir os outros. Natasha ia bem à sua frente e olhou para trás.

– Não vimos nenhum outro segurança a não ser aqueles dois mortos e esse agora.

– Eu sei. E deveria haver 67 agentes da S.H.I.E.L.D. alocados aqui.

– Talvez tenham sido feito reféns.

– Talvez.

Natasha parou de andar e manteve o pé imóvel no próximo degrau.

– Chegamos – Capitão América avisou os que vinham atrás. – Fiquem para trás enquanto abro esta porta. Não sabemos o que vamos ter de enfrentar, então... preparem-se.

A porta caiu depois do chute, e todos estavam agora parados diretamente abaixo do teto demolido. Ali, no que restava do lobby, havia no mínimo 80 corpos agrupados, e todos estavam muito ocupados em gritar e se acotovelar, passando armas, trajes de combate e laptops roubados da prisão uns para os outros. Uma forte chuva caía, tornando a cena ainda mais surreal. Um baixo grunhido animal surgiu de entre a multidão.

— Acho que encontramos todos eles — disse Peter.

— Capitão — disse uma voz com um adocicado sotaque italiano. — Você veio até aqui para fazer uma palestra sobre nossas deficiências morais?

— Não. Estou aqui para acabar com você.

— Que divertido. — Nefária fez um gesto de conjuração com a mão, e então surgiram *dez* Nefárias, cada um rindo com dentes impossivelmente brancos. A multidão atrás dele gritou estridentemente e então atacou.

Clint sentiu um golpe na cabeça, então girou e mirou um chute em uma figura encapuzada, que se dissolveu, deixando-o sem equilíbrio e vulnerável ao ataque de um homem enorme que parecia um tanque laranja.

Enquanto mirava uma flecha em Armadílio, Clint se deu conta de que algumas das figuras que ele via correndo em sua direção eram na verdade projeções holográficas. Quando olhou para eles com o canto dos olhos, as ilusões oscilaram.

— Luke — ele gritou, tentando avisá-lo. Mas, para sua surpresa, Luke se virou e deu um soco em seu estômago. — Mas que...

Conforme Luke se lançava contra ele novamente, Clint viu que os grandes olhos do homem haviam se tornado opacos e leitosos. No canto da sala, Clint avistou Homem Púrpura sorrindo, com o rosto ainda ensanguentado da surra que levara antes. *Acho que os poderes dele voltaram.*

— Luke! — Capitão América segurou o pulso de Cage. — Você tem de lutar com o que... — Mas mãos pesadas agarraram Capitão América pelo queixo, interrompendo-o no meio da frase. Com um arremesso gigantesco, Crusher Creel lançou Capitão América para cima e para fora do buraco no teto.

— Capitão! — Jessica lutava para se livrar dos braços musculosos de Creel.

– O que você tem pra mim, garotinha? – perguntou Creel, deixando Jessica sem ar. – Há algo que valha a pena absorver?

Enquanto Jessica cedia, começando a desmaiar, Creel grunhiu.

– Não, que frustrante. Nada, exceto uma fêmea humana fraca. Seria bondade minha simplesmente quebrar seu pescoço e... Ei, espere aí. – A cabeça do homem se lançou para trás, como se tivesse sido atingido. – Bem, o que você sabe? Há *um*...

Jessica ergueu as mãos e enfiou dois dedos eretos nos olhos de Creel. Uivando, ele se curvou, segurando o rosto. Jessica o chutou por trás, derrubando-o. Ao mesmo tempo em que isso acontecia, Capitão América girava no ar. Mas foi inútil, não havia como impedir a queda, nada onde pudesse se segurar.

– Capitão! – Homem-Aranha atirou um jato de teia do pulso bom, mas que não se esticou o bastante. E no momento em que Capitão América estava para atingir o chão, um lampejo vermelho, metálico e dourado surgiu do céu.

– Não posso deixar as crianças sozinhas nem por um minuto! – disse Homem de Ferro, segurando Capitão América pelas axilas. – O que está acontecendo aqui?

– Você me pegou. Eu estava a caminho de uma conferência de segurança em Washington.

Lá embaixo, uma dúzia de internos havia parado de gritar e começava a escalar na direção do telhado. Alguns já haviam chegado à pista de aterrissagem, onde os agentes da S.H.I.E.L.D. estavam parados como zumbis, com os olhos pálidos e vidrados. Mais vítimas do poder hipnótico de Killgrave.

Homem de Ferro deu um rasante e soltou Capitão América a alguns metros do chão.

– Talvez tenhamos nos precipitado um pouco ao acabar com os Vingadores – ele disse, mirando no chão um dos raios de suas manoplas de metal e prendendo dois internos numa barricada de fogo.

– Nós não nos separamos – disse Capitão América, dando um violento soco em um interno antes que ele degolasse um segurança com as afiadas garras. – Você fez isso com a gente.

– Eu posso ter sido o primeiro a falar – disse Homem de Ferro.
– Mas acho que nós dois sabíamos que a empolgação havia passado.
– Rapazes – interferiu Clint. – Um pouco mais de concentração no aqui e agora, por favor. – Ele mirou uma flecha com ponta de vibranium em Carnificina, que havia escapado do casulo de teia e tentava animadamente perfurar o Homem-Aranha com as garras. A flecha atravessou Carnificina, mas o buraco se fechou imediatamente enquanto Clint ainda observava.

– Você está tentando dizer que precisa de uma ajudinha? – Tony direcionou uma fuzilada de raios em Carnificina.

Clint virou-se a tempo de ver Luke se aproximando de Natasha, que usava seu poderoso corpo como escudo. Natasha virou o pulso e arremessou uma lâmina circular de energia, que passou a centímetros do nariz de Luke, atravessou a sala e atingiu Homem Púrpura bem no meio da testa.

Quando o telepata de pele roxa caiu inconsciente, Luke liberou Natasha. Ela perdeu o equilíbrio e começou a cair no caminho do unirraio disparado do peito do Homem de Ferro.

Agindo num impulso, Clint atirou-se sobre Natasha e a empurrou para o lado, tirando-a da linha de perigo. Mesmo assim, o calor cortante do raio passou muito perto; com certeza deixaria uma queimadura em suas costas.

– Você está bem?

Embaixo dele, Natasha ergueu o olhar com um meio sorriso surgindo nos lábios.

– Estou. Você sempre faz isso no fim das lutas?

Ele se perguntou o quanto ela podia sentir através do traje de vibranium.

– O que a faz pensar que é o fim?

– Seu amigo logo ali.

Clint levantou-se de cima de Natasha para que ela pudesse respirar, e lá estava o Homem de Ferro, demolindo os oponentes como um cavaleiro vermelho e dourado futurista.

– Ei, caras. Querem dar uma passada na minha casa quando terminarmos?

Sua voz saindo do capacete soava um pouco metálica.

Capitão América derrubou Retalho com um único golpe em seu rosto deformado.

– Só se você não for pedir pizza de novo.

Por todos os lados, os internos começavam a desacelerar, parar, observar. Clint conteve um sorriso e se voltou para Natasha.

Pela primeira vez naquela noite, ela não estava ao seu lado.

Droga. Clint pegou uma flecha da aljava e a deixou a postos enquanto vasculhava o salão. No meio de todos aqueles corpos lutando, entre humanos e criaturas com escamas, pelos ou asas, Clint ficou totalmente imóvel. Avistou o caminhar quase calmo dela em meio ao caos da batalha, como se acreditasse que apenas sua confiança a manteria ilesa.

Baixando a flecha, Clint ajustou a mira. Jessica chutava um vilão na frente da Viúva Negra, então Natasha teve de parar por um instante. Como se sentisse o peso do olhar de Clint, ela se virou. Por um momento, olhou na direção dele, do mesmo modo como tinha olhado no aeroporta-aviões, só que dessa vez não havia um sorriso de zombaria. Natasha o encarou, deixando-se transformar num alvo fácil.

Por causa do traje de vibranium, ele teria, claro, que mirar na cabeça. Clint se perguntou o que Natasha teria feito se soubesse que não havia mais em sua aljava nenhuma das engenhosas flechas criadas pelas Indústrias Stark. Ele teria que escolher: matá-la ou deixá-la escapar. Mas o caso é que não havia escolha. Ele era um agente da S.H.I.E.L.D., e tinha recebido ordens.

Se em algum momento você achar que Romanova representa algum tipo de ameaça, ou se ela mostrar algum sinal de que quer tentar escapar, neutralize-a.

Ele tinha até mesmo recebido a permissão da Viúva para isso. *Se eu não for sair daqui, me mate. É por isso que ela está esperando que eu me decida*, Clint percebeu. *Ela está me dando uma escolha.*

Lenta e cuidadosamente, ele baixou o arco. Natasha então sorriu, um sorriso que parecia tão pesaroso quanto os pensamentos que passavam na cabeça dele. Ele sabia que teria que pagar por aquilo.

E então ela se foi, e alguém saltava na direção dele, e não havia mais tempo para reflexão.

A meia hora seguinte foi um emaranhado de ações enquanto Homem de Ferro ajudava Capitão América e os agentes da S.H.I.E.L.D. a cercar e prender 44 internos.

No momento em que estava saindo, Clint avistou uma lâmina circular marcada com um pequeno símbolo vermelho e preto enfiada na parede. O símbolo era uma aranha viúva-negra.

Clint enfiou a lâmina no bolso lateral do traje. Ele pensou que poderia guardar uma lembrancinha do breve relacionamento que provavelmente havia acabado com sua carreira.

6

APESAR DO CANSAÇO, Jessica Drew ficou a postos e atenta na sala da Comandante Hill – coluna ereta, braços ao longo do corpo e pés posicionados num ângulo de 45 graus com os calcanhares juntos, conforme o regulamento. Podia sentir o cheiro quente do café levemente amargo sobre a mesa de Hill. Eram cinco da manhã, e Jessica estava cansada e dolorida, mas ainda animada por conta da longa noite de batalha. Uma xícara de café cairia bem, e também uma rosquinha, com açúcar polvilhado ou derretido por cima. Possivelmente ambos.

– Eu sei que o Diretor Fury a tem em alta conta, Agente Drew. Mas Fury não está aqui agora. E eu, para começar, não estou muito impressionada com sua atuação até hoje. – Hill não disse mais nada a respeito do paradeiro de Nick Fury, e Jesse se perguntou se a comandante sabia dos vários detalhes sobre a atual missão dele como ela sabia. Provavelmente não.

– Estou ciente de que, até muito recentemente, você tinha poderes nos quais se apoiar. Mas isso, em minha opinião, não exime sua parte no fracasso total da tarefa que lhe foi designada.

– Não, senhora – Jessica respondeu automaticamente, embora considerasse aquilo tudo muito injusto. Não era de se surpreender que Hill estivesse tão desgostosa. Ao contrário de Fury, que encarava as verdades inconvenientes, Hill tinha tendência a manipular os fatos para que coubessem em seus planos. E também era uma péssima gestora. A única razão que poderia ter para lembrar Jessica da perda de seus poderes era a intenção de desestabilizá-la. Mas não havia nenhuma estratégia mascarada ali, até onde Jessica pôde perceber. Fury, por outro lado, nunca fez nada sem uma razão específica e sólida.

– Tudo isso me força a reavaliar seu papel dentro da S.H.I.E.L.D. – Hill continuou, e então parou. Ela parecia estar esperando algum tipo de reação; Jessica assentiu.

A verdade era que Jessica não estava ouvindo completamente a ladainha acerca de suas falhas. Em meio à batalha da noite anterior, ela havia sentido a primeira fisgada, denunciando a volta dos velhos poderes. Até aquele momento, estava convencida de que a operação havia sido um fracasso, e que a Hidra tinha mentido sobre ter a tecnologia para restaurar seus poderes, ou estava errada sobre suas capacidades. Mas quando ela tentou atirar no simbionte alienígena, e descobriu que estava sem munição, a descarga de adrenalina deve ter acionado alguma coisa.

A Hidra pode ser uma organização de cruéis terroristas internacionais, mas eles têm cumprido sua parte do trato. Jessica espera apenas não ter cometido um deslize na noite anterior, quando atingiu Carnificina com seus raios bioelétricos. No meio de toda aquela confusão, ela não imaginou que alguém a veria usando seus poderes, mas com Luke ou Clint era difícil dizer, pois eles normalmente guardam as coisas para si mesmos. Mesmo assim, ela não acreditava que eles tinham testemunhado seu erro. Luke tinha sido atingido pelos poderes do Homem Púrpura, e Clint... bem, ele estava bastante distraído com a Viúva Negra para conseguir notar alguma coisa.

Imagino o que teria acontecido se eu tivesse recuperado todos os meus poderes.

O DNA de uma aranha radioativa que foi injetado em Jessica lhe deu muitas das habilidades que Peter Parker tem, como velocidade e agilidade aumentadas, habilidade de se aderir a paredes e um sentido altamente intuitivo de evitar o perigo. Os tratamentos experimentais que o pai de Jessica havia feito também lhe imbuíram de habilidades que o Homem-Aranha não possuía: atirar raios bioelétricos pelas mãos e exalar um odor natural, constituído de feromônios, que atraia homens heterossexuais – e repelia mulheres heterossexuais. Jessica não tinha plena certeza de que queria que essa parte de seus poderes voltasse. Era um alívio poder se sentar ao lado de um homem de quem gostava e não precisar ficar se lembrando de erguer as defesas. Era muito agradável descobrir se o homem que tinha conhecido estava realmente atraído por ela como pessoa, em vez de apenas compelido pela estranha química de seu corpo.

Claro, o lado ruim de ser normal é descobrir que o homem de quem se gosta a considera apenas uma amiga. *Talvez aquela tal de Viúva Negra também tenha alguns feromônios interessantes, que usa a seu favor.* Jessica não gostou nem um pouco da russa desde que a vira pela primeira vez. Mas isso podia estar relacionado ao fato de ter visto seu parceiro habitualmente imperturbável tornando-se vulnerável para um ataque.

Algo na voz da Comandante Hill sugeria que ela finalmente estava chegando ao ponto. Jessica se concentrou na substituta de Fury, tentando manter o rosto totalmente impassível.

– Portanto, Agente Drew, estou dispensando você e o Agente Barton da responsabilidade de atuar em missões. Ao contrário de Barton, você não será investigada por abandono de missão, mas espera-se que coopere com a investigação.

– Não vejo por que Clint deva ser investigado, Comandante Hill. Afinal, não havia como prever o motim.

E você é a gênia que o deixou encarregado da Viúva, Jessica acrescentou para si mesma.

Os lábios de Hill se contraíram.

– Se for esse o caso, a investigação revelará.

O telefone da comandante emitiu um sinal; ela baixou os olhos por um momento e em seguida respondeu à mensagem. Ao terminar, disse:

– Ah, como você vai fazer apenas trabalho de apoio, deve trocar de uniforme.
– Tudo bem – disse Jessica. – Estou dispensada?
– Está – disse Hill.
Jessica esperou. Não adiantaria seguir na direção da porta. Hill a chamaria de volta no último minuto. Havia lido sobre essa técnica em um romance sobre a Segunda Guerra Mundial. "É claro que pode ir para casa, mademoiselle. Ah, há mais uma coisa: primeiro nos dê o nome de seu contato na Resistência."
Hill pareceu irritada por perceber que Jessica não cairia no truque.
– Ah, bom, há mais uma coisa.
Jessica encarou o gélido olhar azul de Maria Hill, e soube que aquilo seria pior do que ela esperava.
– Sim?
– Você foi transferida. Não vai mais trabalhar com o Agente Burton.

••••

Quando Jessica voltou para a sua mesa a fim de juntar suas coisas, viu Clint, usando um dos trajes antigos de Coulson. Ele parecia adoravelmente estoico, mas Jessica, que o conhecia bem, sabia que ele preferiria encarar uma corte marcial a esse rebaixamento.
– Então você vai continuar em ação? – Ele sorriu, e foi sincero. – Que bom pra você. Eu vou ter que me sentar ao lado de Coulson para aprender a preencher formulários.
Jessica olhou para o macacão negro que vestia.
– Ah, isso... Não, eu também fui transferida. Ainda não tive tempo de tomar banho e trocar de uniforme.
– Ah, que inferno. Jess, eu sinto muito.
– Gavião Arqueiro – disse Jessica. Ele ergueu o olhar, e sua expressão matou a piada que ela estava prestes a fazer. Ela estendeu a mão. – Venha aqui.
– Jessica, não tem como fazer a Comandante Hill mudar de opinião.

– Não é à sala dela que vamos. – Como Clint não segurou a mão dela, Jessica o pegou pela manga e o puxou.

– Qual é o plano? Saltar do avião em protesto?

– Como se você fosse deixar seu arco para trás.

– Não é mais meu arco, na verdade, conforme a Comandante Hill me lembrou.

– Certo. Como se não tivessem usado suas ideias no desenvolvimento dele. Como se mais alguém fosse conseguir usá-lo.

Os dois emergiram do convés do aeroporta-aviões. Subitamente, Jessica sentiu que podia respirar novamente. O ar estava frio e reanimador, com aquele indefinível aroma de fim de outono. Atrás deles, o sol nascia num esplendor dourado, âmbar e rosa, as cores rubras fazendo a poluição negra e as torres da Baixa Manhattan parecerem algo saído de um conto de fadas. Abaixo deles, a Estátua da Liberdade foi se tornando visível – primeiro, apenas uma silhueta escura, e então foi banhada pela luz do sol do início da manhã, que iluminou o braço esticado de cobre, verde pela oxidação.

– Emma Lazaus a chamava de mãe dos exilados – comentou Jessica.

– Como você sabe disso? Que eu saiba, você não cresceu nos Estados Unidos.

– Há um curso que temos de fazer quando nos naturalizamos.

Jessica tinha sido criada em Transia, um pequeno país da Europa Oriental, mas seus pais eram britânicos. Porém, depois que os experimentos em aceleração evolucional que o pai estava fazendo deram errado, ela acabou sendo criada por Lady Bova, uma mulher adorável e cheia de compaixão que no passado tinha sido uma vaca da raça Jersey.

– Então você provavelmente conhece mais de história americana do que eu – disse Clint.

Os cabelos de Jessica voaram ao vento, ela os tirou do rosto e prendeu atrás da orelha.

– Não há evidências sobre isso.

– Ei, vocês – chamou uma voz familiar, e logo um homem loiro de queixo quadrangular veio na direção deles. – Como eu sempre digo, essa é uma paisagem que não mudou muito. – Ele usava jeans e uma camiseta preta, mas se comportava como um militar. Jessica demorou alguns segundos para reconhecê-lo.

– Acho que você não teve problemas, não é, Capitão?

– Pode me chamar de Steve, por favor. E não me diga que vocês levaram uma advertência... Depois de termos devolvido 45 internos para as suas celas na Balsa?

– Vamos ter que fazer trabalho administrativo... – comentou Jessica. – Clint vai ser investigado.

– Ah. Tive mesmo a impressão de ter visto o seu arco no arsenal quando fui guardar meu escudo. – Steve Rogers colocou os dedões nos bolsos da calça e pareceu pensativo. – É uma pena.

Uma súbita rajada de ar quente passou por eles. Protegendo o rosto, Jessica ergueu o olhar e viu Tony Stark surgindo com seu traje vermelho e dourado, a placa facial erguida.

– Precisei ir até a padaria – ele disse, apontando para o saco de papel em suas mãos. – Alguém quer café e rosquinhas?

Havia algo um tanto incongruente em ver o rosto fino e meticulosamente desarrumado de Tony, com perspicazes olhos castanhos e cavanhaque diabólico emergindo da articulada armadura reluzente. De perto, não havia sinais externos da luta interior daquele homem contra o álcool ou dos problemas cardíacos que o inspiraram a criar o reator arc em miniatura que carregava no peito. O reator impedia que algum estilhaço lhe perfurasse o coração, além de energizar a armadura do Homem de Ferro – um belo truque, considerando especialmente o fato de que Tony havia inventado o apetrecho enquanto era mantido como prisioneiro de terroristas.

Jessica aceitou uma rosquinha e um copo de café.

– Que tipo de cream cheese é esse?

– Eu não sei, talvez com cebolinha. Não, acho que esse é o tradicional.

– Ei, esta aqui está mordida!

— Ei, você tem algo muito estranho e gosmento na manga. Ainda não tomou banho?

— Não. Mas não devo estar tão suada como você quando está com aquele traje.

— Meu traje tem ar condicionado — Tony virou-se para Clint, oferecendo-lhe o pacote de rosquinhas. — E você, Katniss?

— Quer saber se eu tomei banho? Dá uma cheirada.

— Vai ficar sem café da manhã, espertinho. — Tony então se virou para Steve. — Cap?

— Obrigado.

Enquanto Tony virava as costas, Jessica ofereceu a Clint sua rosquinha. Ele recusou com um movimento de cabeça, mostrando a ela que já havia pegado uma. Por um momento, ficaram em silêncio, mastigando e contemplando o nascer do sol.

— Então — disse Steve —, que dia o de ontem...

— Mas 42 ainda estão soltos — disse Tony, tirando uma das manoplas para conseguir comer.

— Quarenta e três — corrigiu Clint. — Se contarmos com a Viúva Negra.

Tony concordou.

— Vou acrescentá-la ao meu banco de dados. Ainda estou tentando descobrir quem estava por trás de tudo aquilo.

Provavelmente Nefária, ou Electro, ou um dos outros caras elétricos.

— Achei que Electro tivesse se endireitado e até encontrado um emprego de verdade — disse Steve.

Jessica tomou um longo gole de café, queimando a língua.

— Ele pode ter invadido a Balsa. Mas Max Dillon não é inteligente o bastante para executar uma fuga nem de um banheiro trancado por fora.

— Então quem poderia tê-lo contratado? — Steve franziu a testa, pensativo. — Nefária? Alguém lá de dentro?

Tony limpou uma migalha da barba.

— Vou interrogar os prisioneiros da Balsa. Um deles deve saber algo.

Jessica, Clint e Steve trocaram olhares.

– Eu posso fazer isso – disse Jessica. – Ah, droga, esqueci que me colocaram atrás de uma mesa. – Seu coração estava acelerado, dava para ver que a conversa não estava mais casual. Steve estava tramando algo, bem ali.

– Não posso acreditar que os vilões estão à solta e não temos nenhum plano para trazê-los de volta.

Steve olhou para ela, sem dizer nada, e então olhou para o céu claro.

Jessica já não se sentia mais cansada, e também fingiu olhar para o horizonte, tentando não entregar o jogo ao parecer ansiosa demais.

Deixe que ele faça a oferta, ela pensou. *Não force muito.*

– Sabe, formamos um bom grupo lá – disse Steve. – Trabalhamos juntos como um time.

– Diga isso à Comandante Hill – disse Clint.

– Eu já disse. E também que a noite passada me fez lembrar dos primeiros dias dos Vingadores.

– Quer dizer, antes de a Feiticeira Escarlate se tornar uma psicopata e decidir que a realidade precisava ser melhorada? – Tony deu mais uma mordida na rosquinha. – Sim, era legal e animado antes de tudo virar um inferno.

– O trabalho da noite passada ainda não acabou – disse Steve, esticando os braços por sobre a amurada. – Ainda há muitos criminosos perigosos lá fora.

– Como eu lhe disse, estou trabalhando nisso – falou Tony.

– Acho que isso não é trabalho para um homem só. Nem mesmo para muitos homens. É necessário trabalho em equipe, Tony.

Para a surpresa de todos, Tony deu risada.

– Ah, Cristo, não me diga que está pensando em reagrupar os Vingadores?

– Tony, se você me der uma chance de explicar...

– E que tal o insignificante fato de que eu não tenho mais o dinheiro para financiar a equipe? Meu pequeno desentendimento com o embaixador latveriano não ajudou a melhorar meu crédito.

Jessica e Clint trocaram olhares. Como todo mundo, eles haviam ouvido pelos noticiários a respeito dos eventos que levaram à separação dos Vingadores. Mas aquela era uma briga dos que estavam envolvidos diretamente.

– Tony, se você se calar por tempo suficiente para me deixar concluir, vai entender que não estou falando em reunir o mesmo time, e sim de uma nova equipe. A equipe com quem trabalhamos na noite passada.

– Ah. – Tony tomou um gole de café. – Mesmo assim, não vou pagar por isso.

– Ninguém disse que você tem que pagar.

– A Comandante Hill nunca vai aprovar algo assim – disse Jessica. – Ela não gosta de conceder poder a ninguém.

Steve sorriu, e por um momento Jessica teve a sensação de estar em um filme sobre a Segunda Guerra Mundial, exceto por não haver aquela música de fundo.

– Na verdade, nós já temos a permissão de Washington para reunir uma força-tarefa. Não precisamos da permissão de Hill – disse Steve.

Jessica não conseguiu evitar um sorriso.

– E então? Onde faremos nosso clubinho secreto, Steve? – Ainda lhe parecia estranho chamá-lo pelo primeiro nome.

– Bem... – Steve olhou para Tony.

Tony suspirou.

– Suponho que você queira reunir o pessoal na minha casa.

– Seria bacana, Tony.

Jessica, prestes a dar outra mordida em sua rosquinha, fez uma pausa.

– Estamos falando sobre eu poder novamente usar um traje vermelho e amarelo?

– Sim, acho que precisamos ficar bem visíveis.

Jessica jogou no saco o que sobrou da rosquinha.

– Está certo, então. Chega de carboidratos para mim.

Steve se virou para Clint.
– E você? Está dentro?
Clint ergueu as sobrancelhas.
– Deixe-me ver se entendi direito. Você está me convidando para fazer parte de uma equipe de super-heróis?
– É uma maneira de ver as coisas.
– Por que eu?
Steve parecia surpreso.
– Está brincando?
– Sou bom no arco e flecha, e luto bem, mas no grupo há pessoas que podem voar, erguer ônibus escolares ou disparar raios de energia das mãos. E também não estou sendo modesto quando digo que não sou exatamente um gênio das ciências... – Clint acrescentou, referindo-se a Tony.
– Você deu boas sugestões para as pontas de flecha – Tony observou.
– E não foi ideia sua que o arco se abrisse e fechasse com um movimento de pulso?
– Sim, mas eu não saberia como diabos construí-lo.
– Não é possível que todos tenham muitos talentos – disse Tony.
– Se eu quisesse pessoas com meu nível de inteligência numa equipe, ficaria bastante limitado. Quero dizer, talvez Bruce Banner, e Reed Richards, e aquele X-Man peludo...
– Nem todos nós temos poderes – interrompeu Jessica. – Eu, por exemplo, não tenho. Apenas habilidades de luta e conhecimento.
– Tudo depende da situação – disse Steve. – Alguns dos mais brilhantes e habilidosos guerreiros da Resistência que conheci eram garotas adolescentes que podiam desmontar uma submetralhadora e escondê-la mais rápido do que a maioria das garotas de hoje aplicam maquiagem.
– Sei – disse Clint. – Mas se você pudesse escolher entre uma adolescente comum e uma com dedos laser, acho que ficaria com aquela que fosse capaz de aparar o bigode de Hitler sem a metralhadora.

— Eu o vi lutando, Gavião Arqueiro — Steve disse simplesmente. Por um momento, pareceu que aquilo era o seu argumento final, mas então ele acrescentou: — Na época da guerra, eu o teria colocado em minha equipe. Eu poderia enviá-lo a uma missão com apenas o arco e algumas flechas, e você voltaria, confiaria mais em você do que em um pelotão de caras armados até os dentes. — Steve fez uma pausa, e o sol nascente coloriu de dourado seus cabelos. — As pessoas falam sobre os superpoderes, mas alguns caras... algumas garotas... têm algo a mais. Isso pode não ser óbvio, como ser capaz de disparar raios de energia das pontas dos dedos. E pode nem ao menos ter um nome. Mas é real. E você tem esse algo a mais. Aquela garota que estava com você na noite passada... a ruiva... ela também tem. Senão, como conseguiria ter fugido?

O olhar de Clint cruzou com o do homem.

— Não faça joguinhos comigo, Cap. Você sabe como.

— Clint, o que está dizendo? — Jessica o fitava, tentando entender como era possível aquela ruiva linda acabar com a lealdade dele em apenas uma noite. Mesmo sem ter esse direito, ela se sentia traída.

— Ela salvou sua vida. Eu vi. Não o estou culpando — disse Steve.

Ah, então ela salvou a vida dele, pensou Jessica. *Isso faz sentido, então. Ele sente que tem uma dívida com ela.*

Clint olhou para Tony.

— O que você tem a dizer sobre isso?

O tom de Tony era divertido.

— Ei, eu não ligo se você acabar morto por querer brincar com os garotos mais velhos. Da última vez, todos os caras que tivemos de enfrentar tinham superpoderes, e um deles perdeu a cabeça. Você não é instável, é?

Clint balançou a cabeça.

— Algum trauma de infância mal-resolvido? Não, deixe pra lá. Acho melhor nem falarmos sobre isso, pois todos nós temos. De qualquer modo, por mim está tudo bem.

— Acho que não vou mais ficar no trabalho administrativo — disse Clint. — No entanto, tem mais uma coisa.

– Desembucha – disse Steve.

Clint curvou um dos cantos da boca.

– Eu me recuso a usar roupinhas coloridas.

Jessica deu uma gargalhada, assustando um pombo que estava pousado na amurada.

7

O MORDOMO DE MEIA-IDADE que abriu a porta da cobertura de Tony Stark vestia um tradicional traje matutino inglês: casaca, gravata-borboleta, colete e calças listradas. Em sua defesa, vale mencionar que o mordomo não se assustou quando viu Jessica vestida com um moletom cinza e segurando um grande saco de papel pardo.

– Jessica Drew, presumo?
– Presume corretamente.
– Os outros já estão lá dentro. Apenas siga pelo corredor.

Enquanto ele fechava a porta atrás dela, Jessica notou uma escada giratória envolvida em um cilindro de vidro.

– Este lugar tem dois andares?
– Três – respondeu o mordomo, oferecendo-lhe um gesto de encorajamento.

Jessica seguiu por um longo corredor com assoalho de madeira e paredes de tijolos. Uma pintura de um androide dourado com um relógio derretido no abdômen – provavelmente um Dali original – decorava uma das paredes, ao lado de um crânio humano adornado com diamantes, que recentemente estivera em exibição na Galeria Tate, em Londres.

Talvez eu não devesse ter vindo direto da academia, pensou Jessica.

Era tarde demais para voltar e se trocar, porque agora ela já via Tony, Peter, Steve e Luke sentados em sofás de couro e poltronas posicionadas lado a lado em uma enorme sala com paredes de vidro, que levava a uma varanda circundante ao cômodo.

Todos estavam vestidos para a ação. Steve com seu traje de Capitão América sob o jeans e uma jaqueta leve de couro. Tony estava na armadura de Homem de Ferro, sem o capacete, e Peter com o uniforme completo do Homem-Aranha, inclusive a máscara. Apenas Luke Cage usava roupas comuns: gola alta, calça cargo e velhas botas de couro.

Acho que Tony não gosta de andar por aí de cuecas... Por outro lado, ela pensou, *o inventor bilionário não parecia ser o tipo de cara que liga para a opinião dos outros.*

Merda. Jessica tinha tanta certeza de que aquele seria um encontro informal. *Às vezes é tão difícil se ajustar aos caras...*

– Olá, pessoal – ela saudou. – Desculpem meus trajes, vim direto da academia. Mas trouxe cerveja. – Ela retirou do saco um fardo com seis latas de Corona Light. – Alguém a fim?

– Sinto muito – disse Tony. – Nada de bebida alcoólica esta noite. Mas você pode se servir de água, água com gás ou soda. – Ele apontou para uma bandeja sobre a mesa lateral, que parecia uma gigantesca cabeça.

– Ah... – Jessica desanimou-se. – Claro. Hum, o que faço com isso? – Ela ergueu as cervejas.

– Eu levo para a cozinha. – Adiantou-se o mordomo.

Atrás de Tony, Steve fez para Jessica um gesto negativo com a cabeça. Aquele era evidentemente um assunto delicado.

– Desculpe... – Jessica articulou em resposta, sem pronunciar.

– Steve – disse Tony sem se virar –, pare de dizer à nova garota que eu sou um bêbado. Jessica, não estou servindo bebida porque pretendo que façamos um trabalho de campo esta noite.

– Antes de você me escolher para o comitê de organização, lembre-se de que ainda não aceitei participar – advertiu Peter, recostando-se no sofá.

Ao observar que ele parecia um pouco rígido e usava uma munhequeira no pulso esquerdo, Jessica imaginou o quanto Peter tinha se machucado na noite anterior.

– Não vai tirar a máscara?

Peter levantou um pouco o tecido, deixando apenas boca e nariz descobertos, e tomou um gole de água.

— Gosto de manter uma sensação de mistério.

— O que acha que eles vão fazer, colocar sua foto nas redes sociais?

— Ao contrário de algumas pessoas, Srta. Drew, eu realmente tenho uma identidade secreta.

— Todo mundo aqui e pelo menos meia dúzia de prisioneiros o viram sem máscara ontem à noite, lembra?

Peter puxou a máscara novamente sobre o queixo.

— Eu *me lembro* de ter dito que tudo bem você se chamar Mulher-Aranha. Pois retiro o que eu disse.

— Espere um minuto — disse Luke, servindo-se de um punhado de amêndoas de uma tigela de prata. — Acabei de me dar conta de uma coisa. Homem-Aranha, Mulher-Aranha... vocês são parentes ou algo assim?

— Sim — disse Jessica, dando tapinhas na máscara de Peter. — Ele é meu irmão.

— Não sou, não — reclamou Peter. — E você poderia parar com isso?

— Você está machucado, não está? É isso que está escondendo.

— Tô falando sério... Qual é o problema com vocês dois? — Luke apontou para Peter. — Namorados?

— Tá brincando? Ele ia se casar. Ou se casou — contou Jessica, perguntando-se onde estaria Clint. — Além disso, ele é como um irmão.

Aquilo não era bem verdade. Jessica conheceu Peter logo que chegou a Nova York. Nick Fury tinha acabado de recrutá-la, mas ele não se fazia muito presente, e Jessica começava a sentir falta dos velhos amigos da Hidra. Claro que ela não poderia voltar, não depois de descobrir que a organização era responsável por atividades terroristas ao redor do mundo, mas a Hidra tinha sido mais do que um emprego. Tinha sido uma família. E de repente ela se via sozinha a maior parte do tempo, saindo nas manchetes como a Mulher-Aranha, mas jantando sozinha em seu apartamento enquanto assistia à CNN.

Isso mudou quando Jessica encontrou o Homem-Aranha durante uma de suas patrulhas noturnas e descobriu que eles tinham mais em comum do que apenas os nomes profissionais. Peter lhe ensinou muito sobre como usar seus poderes, e ela ficou de certo modo apaixonada por ele durante um bom tempo. Parte da atração se deu porque, quando ela ainda tinha todos os seus poderes, Peter e Nick Fury eram os únicos homens completamente imunes ao seu carisma feromonal. Jessica via Fury como um mentor, mas sempre se perguntava se Peter a acharia atraente se não estivesse envolvido com Mary Jane. Mas agora não fazia sentido ficar pensando naquilo, já que ele e Mary Jane provavelmente estavam vivendo uma completa lua de mel.

– Na verdade – disse Peter. – Mary Jane e eu terminamos.

– Ah... – foi só o que Jessica conseguiu dizer. Enquanto ela tentava pensar em algo, Clint surgiu da varanda, vestido para a ação com seu colete negro, calças de combate e uma manopla parcial no braço esquerdo.

– Ei, Jess – ele saudou. – É uma bela vista – disse para Tony. – E que belo avião você tem lá no telhado. O que é? Algum novo protótipo experimental? Parece uma nova versão do Blackbird SR-71.

– Não é nem um pouco parecido com um Blackbird – disse Tony, visivelmente irritado. – E aquilo deveria ser uma surpresa. Como você chegou ao telhado por ali, por acaso você voa?

– Eu também achei que parecia um Blackbird – disse Steve, aproximando-se dos outros dois.

– Oi, Drew – disse uma familiar voz feminina. Jessica sorriu em deleite ao reconhecer Jessica Jones, a esposa de Luke Cage.

– Jones, sua garota má, como você está? – Jessica correu para abraçar a outra mulher, e então hesitou, olhando para o tamanho da barriga de Jones. Ela estava grávida – Tudo bem eu abraçá-la?

– Não é contagioso, se é isso o que quer saber.

– Você está maravilhosa.

– Por favor... Meu rosto está todo inchado. Nos filmes, as grávidas nunca ficam inchadas. Eu não sei como estou conseguindo reter tanto líquido, já que vou ao banheiro a cada minuto. Falando nisso, você deveria dar uma olhada nos banheiros daqui... O banheiro faz tudo, só falta cantar pra gente.

Jessica riu. Era difícil comparar aquela mulher grávida, tranquila e sorridente à alterada e constantemente alcoolizada detetive Jessica que conhecera havia alguns anos.

– Você está de quantos meses?

– No oitavo – Luke respondeu por ela, colocando o braço em volta da esposa.

– Ainda acho que devo fazer parte dessa nova equipe – disse Jones. – Eu poderia ser a Mulher Graúda.

Tony olhou para ela, franzindo a testa.

– Você está brincando, não é? Eu tenho um respeito enorme pelas suas habilidades, mas...

– Eu não sei, Tony, ouvi dizer que alguns caras têm um medo mortal de mulheres grávidas... – Ela se aproximou dele, e Tony ergueu as mãos.

– Eu não tenho nada contra mulheres grávidas, contanto que elas se mantenham vestidas. Ou seja, não pense em posar para alguma revista até retomar sua antiga forma.

Jessica Jones colocou as mãos nos quadris.

– Tony Stark...

Luke se impôs.

– Quer que eu dê uma surra nele, querida?

Tony balançou a cabeça.

– Espere aí, você *quer* que eu veja sua esposa nua agora que ela está assim?

Steve limpou a garganta.

– Tony, que tal parar de falar da mulher dos outros e tentar descobrir o paradeiro de quem ainda está foragido da Balsa?

– Boa ideia.

Tony fez algo que Jessica não conseguiu ver, então as janelas se tornaram opacas e um muro holográfico surgiu no meio da sala. Ali, um quadro com três colunas contendo a imagem do rosto e as características dos 42 internos da Balsa que ainda estavam à solta.

– Pois então, já recuperei alguns vídeos das câmeras de segurança da noite passada. Estávamos certos sobre Electro ser a provável causa do motim. Verifiquei as transferências financeiras. Max Dillon sacou dinheiro de uma conta na Suíça e enviou para um banco em Boston. Executei uma busca de reconhecimento facial. Dillon foi avistado em um restaurante local.

Tony sorriu.

– Quem topa uma viagem até Beantown?

– Você sabe que a maioria de nós não consegue voar – disse Luke. – O que pretende fazer? Nos carregar até lá numa mochila gigante?

– Eu poderia fazer isso – disse Tony. – Ou podemos usar o avião no telhado.

Tony os conduziu até um elevador de vidro, que os levou até a parte mais alta da torre. A noite estava fria e ventava um pouco. Ao redor deles, as luzes da cidade piscavam. Daquela altura, Manhattan parecia um parquinho infantil. Para qualquer um com poderes, a vontade de saltar ou pular de um telhado para o outro era quase irresistível.

– Talvez vocês tenham ouvido boatos a respeito de uma nova geração de jatos supersônicos furtivos – disse Tony. – Essa é a realidade.

– Com a desenvoltura de um apresentador, Tony apertou um botão, e duas paredes se dobraram para baixo, revelando um avião negro e brilhante, com um nariz fino e afiado. – Quem está a fim de uma viagenzinha para buscar Electro?

– Você realmente não precisa de todos nós para capturar Max – disse Jessica. – Acho até que eu seria mais útil fazendo a análise de dados. – Ela não mencionou o fato de que não queria ser vista na TV com aquele moletom cinza, futura candidata a participar do programa *Esquadrão da Moda Edição Especial: Super-Heróis*.

– E é melhor eu levar minha esposa para casa antes que ela precise ir ao banheiro de novo – disse Luke, pressionando o botão do elevador.

– Na verdade, a gente quer ir embora pra dar uns pegas – disse Jones enquanto as portas do elevador se fechavam diante deles.

– Eu não precisava saber disso – reclamou Tony, virando-se para Peter. – E então, está no jogo?

Peter ergueu o braço, atraindo a atenção para sua munhequeira.

– Desculpe...

Jessica permaneceu no telhado com Peter, e os dois ficaram observando o avião decolar, movendo-se a uma velocidade assustadora, até as pequenas luzes piscantes das extremidades das asas desaparecerem no horizonte.

– Ei – ela disse. – Você vai me contar o que realmente está acontecendo? Não tenho notícia de algum ferimento que pudesse detê-lo.

– Eu queria lhe pedir um favor... – Peter fez uma pausa. – Preciso voltar para a Balsa para interrogar um dos internos.

Jessica o encarou por um momento, surpresa, e então riu.

– Como assim? Está me dizendo que pretende usar minha influência da S.H.I.E.L.D. para algo? Depois de todos aqueles sermões a respeito da terrível cultura da compartimentalização da lealdade?

– Você vai me ajudar ou não?

– Claro que vou. Só estou falando isso para aborrecê-lo.

Peter puxou a máscara para que ela pudesse ver seu rosto.

– Deixando as piadas de lado, Jessica, eu ainda não confio na S.H.I.E.L.D. E você também não deveria.

Jessica colocou a mão no rosto dele.

– Ai. Eles realmente capricharam. Como está o restante de você?

– Dolorido. Estou basicamente preto e azul da virilha até o esterno. Mas melhora quando eu me movo... Ficar parado faz tudo parecer pior.

Ele puxou a máscara de volta sobre o rosto para que os machucados e cicatrizes ficassem ocultos atrás do inexpressivo rosto aracnídeo.

– Peter, tem certeza de que quer fazer isso nessas condições?

– Eu *não* estou grávido.

– Muito engraçado. – Jessica olhou para os arranha-céus menores ao redor. Até aquele momento, todos pareciam casas de bonecas abaixo deles. Ela pousou a mão sobre o ombro de Peter e sentiu a tensão dele. – Estou apenas pedindo que você tome cuidado.

– Esse é o plano. Você consegue liberar o acesso para mim?

– Espere aí. Quer ir lá *agora*?

Peter deu de ombros.

– Pode me chamar de competitivo, mas eu não ligaria de fazer minha parte antes que o Senhor-Tenho-Meu-Próprio-Avião volte. – Peter se lançou para dentro da noite, caindo por um bom tempo antes de se segurar em uma teia.

Jessica ficou torcendo para que ele chegasse à Balsa antes de ser acometido pela dor.

••••

Jessica parou na frente daquele indescritível edifício no centro da cidade, um dos vários locais que a S.H.I.E.L.D. mantinha para os funcionários em operação que viviam em Manhattan. Uma análise de retina permitiu que ela entrasse no lobby interno, e então um segurança verificou sua identificação antes de permitir que seguisse até o elevador.

Ela digitou seu código de segurança e a senha pessoal, e logo estava finalmente no pequeno estúdio. Acendeu as luzes.

– Por que demorou tanto?

Jessica tomou um susto e deixou cair a salada e o refrigerante que havia comprado. Em um movimento reflexo, já estava agachada em posição de combate.

– Jesus – ela reclamou, abaixando-se para pegar um tomate que saiu rolando. – Você me fez estragar o jantar.

– Que bobagem – disse Nick Fury. – Um pouco de sujeira não vai matá-la.

Jessica ergueu o olhar para o homem magro, com cicatrizes de batalha e tampão no olho.

– Alguns tipos de sujeira são mais difíceis de limpar... – ela disse.

– Eu não vejo problema. Não é como se você *realmente* estivesse trabalhando para a Hidra.

Jessica não tentou explicar os momentos em que realmente se sentia culpada por aquilo. Ela sabia que a Hidra era uma organização terrorista, mas nem todos que trabalhavam para a Hidra eram do mal. Alguns a conheciam havia mais de uma década, se lembravam de seu

aniversário e a zoavam pelo fato de gostar de anchovas na pizza. Mas como não podia admitir nada disso para Fury, Jessica apenas disse:
— É que me parece errado guardar segredos de meus companheiros de equipe.
Fury se sentou ereto na poltrona.
— Então os Vingadores são novamente uma equipe?
— Eu não sei, senhor. O Homem-Aranha está hesitante, assim como Luke Cage, por causa do estágio avançado de gravidez da esposa. No entanto, acho que Clint Barton está dentro. Ele se prontificou rápido demais para ir a Boston com eles.
— E o que você disse para a Hidra?
Jessica respirou fundo.
— Eu disse que, aparentemente, estava acontecendo. — Ela se levantou e jogou a salada fora. — É a coisa certa a se fazer?
— Sim. — O Diretor Fury se levantou e caminhou em direção à porta. Jessica notou que ele mancava. — Algum sinal de que o tratamento experimental deles está funcionando?
— Sim — disse Jessica. — Acho que é possível. — Ela ficou nervosa por ter dito aquilo em voz alta, com medo de que, pelo simples fato de dizer, algo pudesse dar errado. O que era ridículo, ela sabia.
— Me mostre. — Fury retirou uma moeda do bolso e a jogou para cima.
Jessica apontou a mão e se concentrou, então disparou um raio na moeda, mudando sua trajetória para mais de um metro e meio.
— Não foi muito impressionante — disse ela, decepcionada.
— Na verdade, foi muito bom. Bom trabalho, Agente Especial Drew. Você só precisa descobrir qual tecnologia os cientistas deles estão usando, isso será extremamente útil para nós.
— Devo contar aos outros?
— Ainda não — disse Fury. — Quero esperar o máximo possível até que a Hidra saiba que você não está trabalhando para eles, e eu suspeito que possa haver alguns vazamentos dentro da S.H.I.E.L.D.
Jessica ficou tensa ao perguntar:
— E se algo lhe acontecer, senhor? E se os outros descobrirem que estou envolvida com a Hidra?

– Não há chance de isso acontecer, Drew. Sou tão indestrutível quanto uma barata.

– Um momento. Há mais uma coisa. Na verdade, eu ia ligar para você quando chegasse em casa.

Jessica contou a Fury que Homem-Aranha lhe pediu acesso à Balsa.

– E você não quer pedir a Hill, não é? Deixe que eu cuido disso.

Fury saiu, e então Jessica ficou sozinha no pequeno apartamento, com móveis tão impessoais como os de um quarto de hotel; as serenas e inexpressivas pinturas de praias e montanhas; e o penetrante odor de fortes detergentes industriais mascarado pelo perfume de violeta e pinho.

8

O LIBERTY CAFÉ era um restaurante de hotel com pretensão de bistrô – como se um par de guarda-sóis e toalha de mesa de papel pardo pudessem distrair os clientes da estrutura de vidro e aço ao redor, além do custo de 16 dólares por um hambúrguer e uma porção de batatas fritas. Clint nunca pagara 16 dólares por um hambúrguer em toda a sua vida, e não conseguia entender quem fazia isso, mesmo que o pão estivesse encharcado de molho de tomate caseiro, com uma pitada de salsa orgânica. Não que ele fizesse parte do público-alvo desse tipo de estabelecimento. A clientela do café era composta em sua maioria por executivos de cabelos brancos com roupas de lazer, e pais hipsters empurrando as mais recentes novidades tecnológicas em carrinhos de bebê.

– E também temos nosso famoso Demônio Galopante – a atendente de cabelos ruivos dizia aos clientes –, blue cheese com tâmaras enrolado em uma fatia de bac... – A voz dela desapareceu no momento em que seu olhar pousou em algo do outro lado do salão.

– Como é? – Um pai usando um chapéu fedora ergueu seu olhar do iPhone.

– Desculpe. Enrolado em bacon. – A atendente sorriu. A silhueta redonda do rosto, com olhar de cachorrinho, era acentuada pelo queixo rechonchudo.

A mãe hipster estalou a língua em sinal de desaprovação.

– Qual é mesmo o prato especial com peixe?

Escondido atrás de uma barricada de vasos com plantas e um cardápio do tamanho de um pôster, Clint ergueu a flecha que estava posicionada e pronta.

– É ele? O careca de jaqueta de couro?

– Aquele é Max – disse Capitão América. – A garota é Mia Matteon, uma aspirante a atriz. Ela está saindo com Max há uns seis meses.

– Gosto não se discute. Ele está agindo – disse Homem de Ferro.

No fim da rua, Max Dillon andou a passos largos até Mia, parecendo grande, sinistro e completamente deslocado naquele hotel chique.

– Max? – Mia pareceu surpresa e em seguida irritada. – O que está fazendo aqui? Achei que tinha um trabalho em Nova York.

– Trabalho feito. Vamos nessa – Max agarrou-a pelo cotovelo. – Temos que ir.

– Com-li-cen-ça – interrompeu a mãe hipster. – Ela está anotando o nosso pedido.

– Max, agora não – recusou-se Mia. – Vou ser despedida por sua causa.

– E daí? Mia, querida, eu tô cheio da grana. Você não precisa mais ter que servir idiotas como esses.

– Você não pode falar assim com a gente – reclamou o marido hipster.

Mia desvencilhou-se da mão de Max.

– Duas semanas, Max. Você não me ligou, não mandou qualquer mensagem, não disse onde estava nem o que estava fazendo. E agora que lhe convém devo largar tudo e sair correndo? Acho que não!

– Não temos tempo pra isso! – Max olhou ao redor. A camada de suor em sua testa era visível. – Querida, temos que ir agora. Eu explico tudo, prometo. – Max ergueu a mão. – Vou levá-la ao Taiti, comprar uma mansão pra você. Merda, vou *construir* uma mansão pra você. Podemos ficar a noite toda falando dos meus erros... mas, por favor, Mia, temos que ir.

– Ai, meu Deus. – Mia arregalou os olhos. – Foi você! O apagão da noite passada... Foi você que causou aquilo!

– Mia, você está falando bobagens. – Max olhou por sobre o ombro. – Ela está ficando louca – ele disse ao casal.

– Vou chamar a polícia – disse a mulher.

– Ele vai atacar – Clint saiu de trás do cartaz. Pelo canto dos olhos, viu Homem de Ferro e Capitão América se movendo ao mesmo tempo em que ele.

– Ah, legal. – O casal hipster ergueu os iPhones ao mesmo tempo para registrar a cena.

– Droga! – Max estendeu as mãos, e então houve um estalo de eletricidade azul e branca. Quase no mesmo instante, Homem de Ferro pressionou um botão em sua manopla, e a eletricidade arqueou-se para trás, formando uma esfera translúcida em volta de Max.

– Mas que... – Caindo de joelhos, Max estendeu a mão, tentando tocar a superfície da esfera. Um estalo de energia se fez visível, e o dedo dele parou no ar, sem exatamente tocar a esfera.

– Eu não faria isso se fosse você – advertiu Homem de Ferro.

Como uma criança que não gosta que alguém lhe diga o que fazer, Max tocou a esfera. Ouviu-se um *bzzzzzt* estrondoso, e Max gemeu, caindo para trás.

– Você não é muito inteligente, não é? – Tony balançou a cabeça. – Agora, fale com a gente.

Capitão América se ajoelhou, aproximando o rosto do de Max.

– Quem o contratou? Quem você tirou de lá?

– Ah, cara, não, isso não está acontecendo, não pode estar acontecendo.

Mia forçou a passagem até chegar perto dele.

– Por que você não me ligou, Max?

– Senhorita, precisa ficar afastada – Capitão América a empurrou gentilmente, mas com firmeza, para trás.

– Não toque em mim – reclamou Mia. – Eu vou ligar para o meu advogado.

A cabeça de Max se ergueu.

– Eu quero meu advogado! Não vou falar sem a presença dele.

– Tem certeza disso? – Clint se aproximou de Max, ainda com a flecha em posição. – Esta é uma flecha desenvolvida especialmente para dar um curto-circuito instantâneo em qualquer dispositivo eletrônico. Se eu atingir suas partes sensíveis, você vai ceder, e poderemos continuar nossa conversinha.

– Me atingir nas... – Max se arrastou para trás, a esfera se movendo com ele. Clint o seguiu com a mira da flecha.

– Você não precisa ficar parado. Sou muito bom com alvos móveis.

Max cambaleou contra a lateral da esfera, e seu corpo se arqueou novamente quando a energia percorreu seu corpo. Seus olhos se reviraram e ele deslizou até o chão.

– Ah, perfeito. – Homem de Ferro soltou o botão que mantinha a esfera no lugar. Max permaneceu imóvel no chão. – O que vamos fazer agora?

Capitão América verificou o pulso dele.

– Ainda está respirando. Mas não acho que vamos conseguir tirar algo dele esta noite.

Clint tirou o celular do bolso.

– Sim, aqui é o Agente Especial Barton. Estamos com Max Dillon sob custódia. Pode enviar alguém para o Liberty Café na... ah, você já sabe? Ótimo.

Ele encerrou a ligação.

– Max, você está bem? – Ajoelhando-se ao lado do namorado inconsciente, Mia ergueu o olhar para a mãe e o pai hipsters, que ainda seguravam os iPhones. – Vocês filmaram tudo? Eles ameaçaram atirar uma flecha nele! Isso é crime, não?

– Eu diria que sim – concordou o pai hipster. – Ei! Homem de Ferro! Posso tirar uma foto sua com meu bebê?

Enquanto saíam, Clint pegou um punhado de fritas da bandeja de um dos garçons que passavam, só para a noite não ser um fiasco total.

9

TODOS OS PRISIONEIROS estavam dopados, é claro, ou presos a dispositivos de contenção desenvolvidos pela Stark, que neutralizavam suas habilidades especiais. Alguns dos mais poderosos, como o Homem Púrpura, estavam, além de sedados, presos pelo pescoço aos dispositivos, para que não fugissem das celas padrão em que foram colocados temporariamente. Duas diferentes organizações de direitos humanos já haviam iniciado investigações para averiguar o tratamento dado aos prisioneiros. Nesse meio-tempo, os 44 internos recapturados da Balsa estavam sendo mantidos em segurança na Ilha Ryker, enquanto suas celas eram reparadas e, em alguns casos, reconstruídas.

Peter sabia disso tudo, mas, mesmo assim, quando entrou no corredor e olhou pela fileira de prisioneiros, sentiu uma erupção de adrenalina que o deixou zonzo. Como não era invulnerável, estava acostumado a voltar para casa depois de alguns cortes e machucados, mas a noite anterior tinha sido diferente. Em dado momento, antes de o Capitão América e os outros chegarem até ele, Peter tivera certeza de que morreria deitado ali. E em outro momento ele teve certeza absoluta de que sua morte não seria rápida o bastante.

– Olá, rapazes – cumprimentou ele. – Lembram-se de mim?

Por um segundo, Peter se sentiu de volta à escola. Baixinho e magricela, bem ao gosto de todos os valentões que desejavam subir de nível na cadeia alimentar adolescente. Peter havia aprendido valorosas lições naquela época, antes de ganhar seus poderes. A primeira vez que o atingem é um teste. Não há como passar nele, pois os valentões geralmente não se afastam de quem não demonstra medo, eles simplesmente acertam com mais força. Mas com toda a certeza havia um jeito de ser reprovado.

— Ora, ora, olhe só quem voltou... — comemorou Carnificina. — O jantar da noite passada.

Seus olhos vítreos azulados eram humanos, assim como o rosto manchado e ossudo. Carnificina usava um pesado colar de alta tecnologia que exibia uma sequência de luzes piscantes em rápida sucessão. Peter se perguntou qual seria o mecanismo que inibia o poder do simbionte e imaginou que Tony Stark sabia a resposta.

— Qual é o problema, Homem-Aranha? Acabou gostando de apanhar?

— Me diga a verdade... Você esperou a vida toda para dizer essa frase, e agora está se sentindo um pouco vazio, não é?

Carnificina demorou um tempo para pensar numa resposta.

— Chegue mais perto e pergunte de novo.

— É, foi o que imaginei. — Peter seguiu pelo caminho entre as duas fileiras de celas. — Na verdade, estou apostando que todos vocês estão com um sério caso de ressaca. Tiveram um gostinho de liberdade na noite passada e...

— Sem contar a alegria de amaciá-lo como um pedaço de bife duro — disse o Dr. Octopus da cela ao lado da de Carnificina. Corpulento e usando óculos, o doutor parecia tão ameaçador quanto um touro castrado, pois os tentáculos mecânicos articulados haviam sido cirurgicamente removidos de seu abdômen.

Peter concordou.

— E agora, de volta às suas distrações solitárias, com direito a um pedaço de bolo de carne no guardanapo de vez em quando.

Peter chegou ao fim do corredor e deu um jeito para que os internos dessem uma boa olhada na caixa de papelão que tinha em mãos.

— É uma pena que vocês tenham perdido tanto tempo batendo em mim, quando poderiam ter aproveitado para fugir.

Carnificina soltou um grunhido baixo.

— Falastrão. O que há na caixa, Garoto-Aranha? Seu... — E fez um gesto rude com a mão.

— Donuts...

– Donuts?

– Noite passada, eu comprei esta enorme caixa de donuts na minha cafeteria preferida. – Peter abriu a caixa e deixou o cheiro açucarado dominar o ar. – Mas agora estou pensando que não deveria estragar minha silhueta esbelta, então fiquei imaginando se alguém aqui aceitaria um donut...

– Ah! Sim! Um donut para mim!

– O meu, com cobertura de açúcar!

– Tem com geleia?

– Algum de chocolate?

– São da Cafeteria do Mike, na Bay Ridge? – Os olhos míopes de Dr. Octopus se encheram de lágrimas por trás das lentes grossas. – Adoro os rolinhos de canela que eles fazem.

– Só que, antes de sair distribuindo mimos, tenho uma perguntinha.

Peter fez uma pausa, aguardando os gemidos e xingamentos cessarem para poder continuar.

– Quem está por trás do que aconteceu na noite passada?

Silêncio.

– Nós já sabemos que Electro fez o trabalho sujo – disse Peter. – O que eu quero saber é quem bolou o plano.

– Sua mãe – disse Carnificina.

– Ah, bom – disse Peter. – Acho que vou deixar isto aqui com os guardas. – Ele deu um passo na direção do intercomunicador, e então parou. – Aliás, você tinha razão, Otto. Os donuts foram comprados no Mike.

Peter já estava de frente para a porta externa quando ouviu alguém dizer:

– Lykos.

– Lykos.

– Karl Lykos.

– Cale a boca, cara de porco, você só está repetindo o que eu disse.

– Foi Karl Lykos, o doutor. Agora, pode me dar os malditos donuts!

Dr. Octopus pressionava a cara rechonchuda contra as barras.

– Se eu contar quem veio com ele, você me dá um desses enormes rolinhos de canela?

– Sinto muito, parceiro, não preciso mais de ajuda – disse Peter.

Ele entregou a caixa de donuts e saiu da prisão, com a mente acelerada.

Karl Lykos era um metamorfo com a habilidade de se alimentar do poder de outros metamorfos e se transformar num pteranodonte. Já que não havia muitos bairros onde um réptil voador pré-histórico pudesse passar despercebido, Lykos fez seu lar na Terra Selvagem, uma anomalia tropical escondida bem no meio do continente Antártico. Bem, pensou Peter, *pelo menos eu não preciso perder tempo pensando onde conseguiria encontrar Lykos.* Tudo o que ele tinha de fazer era encontrar uma selva inóspita do outro lado do mundo.

Empoleirado no topo do bondinho da Ilha Roosevelt, Peter sentiu falta de casa, da sopa de tomate, de bolachas água e sal e ibuprofeno, não necessariamente nesta ordem. Ele também pensou que, se ligasse de novo para o trabalho dizendo que estava doente, poderia ser despedido de seu cargo de professor no Colégio Midtown. É claro que, agora que não mais se casaria, também não sabia se queria manter o emprego. A verdade é que ele não sabia o que queria da vida.

Mas uma coisa estava clara. Ele não podia encarar Lykos sozinho, não nas condições em que estava. E principalmente porque Peter sabia que o doutor estaria cercado por amigos e aliados, nem que fosse apenas para lhe servirem de comida.

E se Peter não queria repetir o que havia vivido na Balsa, tinha de encontrar alguns amigos e aliados para si.

10

LUKE CAGE não era a melhor pessoa para ter como companheiro de assento em um avião pequeno. Primeiro, por causa do tamanho do cara. Em segundo lugar, pelo desagradável hábito que ele tinha de se sentar com as pernas muito abertas. Peter tinha que manter suas próprias pernas num desconfortável ângulo, para evitar encostar-se nas do outro homem. Como se não bastasse, Luke estava sentado muito próximo do encosto de braço, avançando um pouco para o outro assento.

– Não estou dizendo que tenho medo de voar – ele repetiu pela milésima vez desde que decolaram. – Estou dizendo que esses aviões pequenos são a maneira que Deus tem de se livrar das pessoas excessivamente ricas.

– Eu não acho que Tony seja o típico piloto amador – disse Peter. – Além do mais, ele está com o Capitão América na cabine, para o caso de algo dar errado.

Os olhos de Luke se arregalaram.

– Errado? O que você acha que pode dar errado?

– Nada. Com o que você está preocupado? Você é quase invulnerável. Jessica, Clint e esse que vos fala é que estão mais propensos a se tornar hambúrguer caso o avião caia.

– Ei – Clint manifestou-se do outro lado do corredor. – O que você está falando sobre hambúrguer? Eu faço umas tortilhas iradas com aquela coisa.

Luke lançou a Peter um olhar rígido.

– Não. Fale. Sobre. O. Avião. Cair.

– Desculpe... – Peter recostou-se na cadeira e pegou seu exemplar da *New York Magazine*. Enquanto analisava a lista de Brilhantes/Desprezíveis, podia sentir o olhar fixo de Luke sobre ele, mas tentou ignorá-lo.

– Você realmente vai ficar de máscara a viagem toda?

Peter não se abalou.

– E você realmente vai usar esse gorro amarelo de lã?

– Meu gorro amarelo diz que eu quero manter minha cabeça careca aquecida. Sua máscara diz que você não confia em mim. Então, como pode querer que trabalhemos juntos?

– Não estou esperando nada de ninguém. Eu confio em mim mesmo. – Peter tentou manter um tom de mistério e bizarrice na voz, mas era difícil. Depois de todo aquele trabalho, Electro acabou confessando não saber que Lykos o havia contratado. Tony Stark podia ser um gênio bilionário, mas era o palpite de Peter que trazia as coisas boas.

– Então você não faz parte desta equipe – disse Luke. – Você vai entrar numa situação de batalha com essas pessoas. Deveria confiar neles, e eles, em você. Se quer ficar na sua, ótimo, mas saiba que está colocando toda a missão em risco.

Por trás da máscara, Peter sentiu o rosto corando de raiva.

– Sinto muito, *Todo-Poderoso*, mas não estou preocupado apenas com a *minha* segurança.

– Você acha que ninguém mais aqui tem alguém que queira proteger? Por favor, me poupe disso. Faça como quiser, esconda seja lá o que estiver escondendo aí embaixo, mas não use outras pessoas como desculpa. Eu tenho uma esposa grávida me esperando em casa. Então, ou você tira a máscara e me diz seu primeiro nome, ou não espere que eu vá lhe dar cobertura.

Peter levantou-se, pronto para trocar de lugar, mas esbarrou em Jessica, que estava colocando algo no compartimento acima do banco.

– Desculpe – ele disse, sentando-se novamente. Ela estava com o justíssimo traje vermelho e amarelo da Mulher-Aranha, que na verdade era bem modesto, ou até poderia ser, em uma mulher que não tivesse aquele corpo de amazona. – Onde você vai se sentar? – ele perguntou.

– Ao lado de Clint. Por quê?

Peter não olhou para Luke.

– Por nada.

Luke emitiu uma risada parecida com um latido.

– Você quer trocar de lugar, Homem-Aranha? Magoei você? Devo estar louco, indo para alguma terra esquecida pelo tempo no meio da Antártica. Quer dizer, que tipo de idiota escolheria se esconder em um lugar onde há dinossauros à solta?

– Um cara que se transforma em dinossauro – disse Peter.

– Lykos não era o único fugitivo da Balsa que vivia na Terra Selvagem antes de ser capturado – disse Jessica, digitando no computador. – Aposto que Mandril e Nekra também estão indo para lá.

Luke balançou a cabeça.

– Eu estava no colégio quando os primeiros relatórios começaram a aparecer. Um cara inglês descobriu um Jurassic Park da vida real dentro de uma cadeia de vulcões em atividade, ou algo assim. Eu me lembro de ter dito isso a um amigo que já estava de saco cheio daquilo. Eu disse a ele: "Mande minhas lembranças ao Elvis e ao Pé-Grande".

– Esquisito é algo normal para mim – disse Jessica. – Eu tive mais dificuldade para acreditar que há pessoas normais vivendo o tipo de vida que se vê nas séries.

– No entanto, sempre imaginei que iria até lá algum dia. – Luke sorriu timidamente. – Acho que eu gostaria de montar em um Brontossauro ou algo do tipo, como o Fred Flintstone.

– Apatossauro – disse Peter. – É, eu me lembro de um professor de Ciências nos contando que a ONU tinha declarado a região fora dos limites para qualquer propósito comercial ou turístico. Acho que fiquei de cara feia por uma semana.

– Nossa, você ainda estava na escola? – Luke riu. – Eu estava servindo o exército quando decidiram isso.

– Ei, rapazes e moça. – Steve, que estava sentado ao lado de Tony na cabine, posicionou-se no centro do corredor como um treinador falando com o time antes de um jogo importante. Ele usava sua camisa do Capitão América e calças de sarja cáqui apertadas, e parecia tão loiro, perfeito e másculo, com o queixo anguloso, que Peter teve a impressão de que usar calças cáqui pudesse ser a resposta para tudo. – Como vocês estão?

– Uma delícia de viagem – respondeu Luke com a voz grave. – Minha esposa está prestes a dar à luz, e eu estou correndo para salvar o mundo na companhia de pessoas que mal conheço.

– Você me conhece – disse Jessica. – E sua esposa está fora de perigo por um mês, no mínimo.

– Se tudo sair de acordo com o plano – disse Luke. – E na minha vida? As coisas tendem a nunca saírem de acordo com o plano.

– Eu tenho um plano – disse Tony, virando-se no assento do piloto para ficar de frente para eles. Com o cavanhaque por fazer, Tony parecia mais uma esquecida estrela do rock dos anos 1980 do que um gênio bilionário. – Nós pousamos, encontramos os caras do mal e chutamos a bunda deles. Na volta, fazemos uma parada no Quay de Sydney para experimentar o menu degustação deles. Da última vez, serviram lula da Tasmânia e cogumelos cinzentos fantasmas selvagens.

– É uma ideia bacana, Tony, mas onde exatamente vamos começar a procurar? Estamos falando de uma selva. Lykos não vai tirar dinheiro de caixas eletrônicos ou ser filmado por alguma câmera de segurança.

Tony se voltou para o painel de instrumentos, apertou um botão e então se virou novamente.

– Sabem aquele aparelho dos X-Men que detecta assinaturas de energia mutante?

– Cérebro – disse Steve. – Ouvi falar dele. É preciso de um telepata para operá-lo, não é?

– E deve ficar isolado em uma câmara. Mas eu o melhorei. Transformei-o em um aparelho móvel e mudei as especificações, para seu uso não ser restrito apenas a alguém que leia mentes. No entanto, a pessoa precisa ter QI acima de 175. Eu o chamo de Analytica.

– Que nome horrível – resmungou Peter. – Soa como um aplicativo de contabilidade.

– Eu sei. Se você tiver opções melhores, estou aberto a sugestões. Tony virou-se para olhar a cabine.

– Espere aí, isso é estranho.

– Ai, meu Deus – apavorou-se Luke, agarrando as laterais do assento.

– O que há de errado?

– Estou tentando acessar o arquivo de Lykos, mas há alguma coisa estranha aqui. – Tony digitou algo no notebook que estava aberto sobre o banco do copiloto. – Hum. Tem uma trava de segurança.

Luke agarrou o braço de Peter.

– É disso mesmo que eu estava falando. Ele está verificando o arquivo de Lykos enquanto copilota. Sabe o que acontece com quem faz muitas coisas ao mesmo tempo desse jeito?

Peter olhou pela janela. Havia muitas nuvens fofas e brancas.

– Acho que, no momento, vai ser difícil a gente bater em alguma coisa, Luke.

Luke assentiu três vezes, como se Peter acabasse de confirmar suas piores suspeitas.

– Eu devo estar ficando louco.

– Vou dar uma olhada nesse arquivo – disse Jessica. Abrindo o notebook, ela digitou alguns códigos. – Nada. Se estivesse com um tipo padrão de encriptação avançada com algoritmo de criptograma, eu poderia abri-lo. Mas não está.

– Então está protegido por algo mais forte que o código de proteção da maioria das correspondências diplomáticas e transações financeiras – disse Tony. – Isso é interessante, num nível "Nossa, por que será que o marido da mulher desaparecida limpou o bagageiro do carro com alvejante?".

Jessica continuava digitando, batendo as pontas das unhas no teclado.

– Não tenho permissão de acesso, Capitão, você tem?

– Eu deveria ter – Steve se inclinou e digitou um código. – Estranho.

– Vou tentar outra coisa – disse Jessica, sem parar de digitar. Subitamente, ela parou e se recostou, parecendo assustada. – Hã?

Clint, sentado ao lado dela, inclinou-se para perto.

– O que houve?

– O posto avançado da S.H.I.E.L.D. na Terra Selvagem está off-line.

– E suponho que isso não seja exatamente normal...

– Supostamente, eles nunca deveriam ficar off-line. O propósito do posto é interceptar, armazenar e analisar dados de inteligência. – Jessica olhava fixamente para o computador, como se ele acabasse de se transformar em algo estranho e potencialmente perigoso. Peter sentiu um arrepio de alerta.

– Talvez você devesse tentar entrar em contato com eles – sugeriu Luke.

– Melhor não – aconselhou Peter. – Alguém travou o arquivo de Lykos, e Lykos organizou uma fuga em massa da prisão. Estamos indo atrás dele em sua casa na Terra Selvagem, e agora o posto da S.H.I.E.L.D. de lá está incomunicável. Podem me chamar de paranoico em teorias da conspiração, mas tenho a impressão de que essas coisas estão conectadas.

Luke franziu a testa.

– E se todos estiverem doentes ou algo parecido? Podem ter contraído algum tipo desconhecido de vírus da selva.

– É possível – ponderou Steve. – Ou pode estar acontecendo algum tipo de rompimento de segurança dentro da instalação. Se eles estiverem sob ataque, a primeira coisa que farão é desligar tudo.

Peter podia ver que todos estavam pensando a mesma coisa: a situação havia acabado de ficar bem mais complicada.

– Alguém pensou que pode ser alguma operação secreta da S.H.I.E.L.D.? – Luke abriu um pacote de amendoim e colocou um na boca. – Por mais que eles me deem trabalho de vez em quando, não posso dizer que confio totalmente em uma organização com sedes em tantos lugares quanto a S.H.I.E.L.D.

– Eu não confio em organizações, ponto final – disse Peter, erguendo a mão.

– Finalmente concordamos em algo. Por isso, você vai ganhar três amendoins. – Luke colocou-os na mão de Peter.

– Vocês estão errados – discordou Steve. – Não estou dizendo que a S.H.I.E.L.D. é perfeita, pois sempre há maçãs podres lá dentro, mas eles trabalham para promover ideais democráticos.

– Quer saber minha filosofia? – Tony se virou na cadeira do piloto, olhando para os outros por sobre o ombro. – Dê à S.H.I.E.L.D. o benefício da dúvida e mantenha os últimos avanços tecnológicos para si mesmo.

– Se você se sente assim – disse Jessica. – Por que nem ao menos se deu ao trabalho de nos incluir? Nós trabalhamos para a S.H.I.E.L.D., lembra?

– Todos nós trabalhamos para a S.H.I.E.L.D., exceto o Homem-Aranha – disse Clint. – A questão é, já tomamos refrigerante? Falando por mim, a resposta é não. Então me diga, onde você pegou esses amendoins?

– Dá uma olhada no bolso onde ficam as instruções de segurança em caso de acidentes. – Luke amassou a embalagem vazia na mão. – Bem, pelo menos sabemos onde procurar o trio lobo-dino-vampira – disse Luke. – Provavelmente, estão fazendo um luau no posto avançado da S.H.I.E.L.D.

Peter balançou a cabeça.

– A não ser que sejam metamorfos. Pelo que sei, Lykos está numa dieta estrita de metamorfos.

Houve um silêncio enquanto todos pensavam nas implicações dessa informação: Lykos não tinha razão para manter os não metamorfos vivos.

– Está certo – disse Clint. – Temos dois objetivos aqui: dar uma força para o posto avançado da S.H.I.E.L.D. e rastrear Lykos e seus amigos.

Jessica clicou com o mouse e na tela do computador surgiu um mapa topográfico da Terra Selvagem, iniciando um caloroso debate a respeito das prioridades, atribuições e estratégias da missão. Depois de alguns minutos nisso, Peter pediu licença, levantou-se e foi ao banheiro.

Trancando a porta atrás de si, ele puxou a máscara para cima e jogou água gelada no rosto. Seu olho esquerdo ainda estava inchado e quase inteiramente fechado, mas a pele ao redor já havia mudado de preta para roxa.

De repente, Peter se lembrou de uma viagem que tinha feito à Costa Rica quando era adolescente, antes de ser picado pela aranha. Todos os outros garotos corriam pelos corredores do avião, rindo com os amigos, cantando e contando histórias em voz alta. Sentado em seu lugar com o nariz apertado contra o vidro, Peter se perguntava o que havia de errado com ele. Alguns meses depois, ele ganhou seus poderes. De certo modo, aquilo não só o tornou mais diferente ainda como lhe servira de desculpa para não se enturmar.

Mesmo assim, ali estava ele, com um bando de pessoas que supostamente eram seus iguais, e Peter não se sentia enturmado ali também. *Pare com isso, Parker.* Peter olhou para a máscara em suas mãos, e deliberadamente não a vestiu ao sair do banheiro.

Enquanto voltava para seu lugar, escutou Steve dizendo:

– Está certo, pessoal. Sugiro que tentem descansar um pouco. Depois que chegarmos lá, não teremos muitas oportunidades para dormir. E assim que o avião começar a pousar, teremos que ficar em posição de prevenção de acidentes. Há uma espécie de barreira atmosférica em volta da Terra Selvagem que confunde os sistemas de voo, então devemos esperar uma aterrissagem difícil.

Com os olhos fixos no rosto machucado de Peter, Luke se afastou para que ele pudesse deslizar para seu assento na janela.

– Você parece bem mal.

– Nem todo mundo pode ter a pele incorruptível. – Ele apertou o cinto de segurança. – Pode me chamar de Peter. Ou Pete. Peterzinho, não.

Luke tirou a touca amarela de lã e entregou a Peter.

– Aí está.

– Eu não quero sua touca, Luke.

– Porque você não tem estilo próprio. Vamos lá. Pegue.

Depois de olhar para ela por um momento, Peter a jogou para trás, no assento de Jessica.

– Ei – chamou Clint –, alguém perdeu uma touca amarela?

– É minha – disse Luke, erguendo a mão. – Pode me devolver, por favor?

– Claro – disse solicitamente Clint, enrolando-a e jogando-a na cabine do piloto.

– Ops, foi sem querer...

– Pessoal – Steve chamou a atenção de todos, erguendo a touca amarela. Ele olhou ao redor como o coordenador de um acampamento ao descobrir que os jovens vandalizaram os banheiros com pasta de dentes e papel higiênico. – Não sei o que vocês acham que estão fazendo, mas há controles bem complexos aqui.

– Na verdade, são bem simples – corrigiu Tony. – Parte do meu design genial.

– Ah – fez Steve. – Bem, nesse caso...

Luke não conseguiu a touca de lã por um bom tempo. Quando a recuperou, estava três vezes maior que sua cabeça. No entanto, ele não reclamou, e Peter decidiu que seu companheiro de voo não era tão ruim assim.

••••

O primeiro sinal de problema foi um bolsão de turbulência que desestabilizou violentamente o avião. Luke, que havia adormecido com os fones de ouvido e o livro *O que esperar quando você está esperando* no colo, acordou de súbito, dando uma cotovelada nas costelas doloridas de Peter.

– Desculpe – ele disse, enquanto o avião começava a sacudir violentamente.

– Tudo bem, apenas me deixe colocar a cabeça entre os joelhos e botar os bofes para fora – reclamou Peter.

De repente, Tony e Steve começaram a discutir.

– Não precisa ficar nervoso desse jeito – disse Tony. – Nós vamos pousar esta belezinha tão delicadamente, que vocês podem até colocar as lentes de contato enquanto eu faço isso.

– Cuidado, Tony!

– O manche não está respondendo da maneira que...

– Use os instrumentos, e não o visual. Aquela montanha está mais perto do que parece.

– Não venha me dizer como devo pilotar este avião. Fui eu que o inventei.

– Não acho que esta posição esteja correta... algo está desestabilizando o altímetro.

Luke e Peter olhavam-se fixamente. Do outro lado do corredor, puderam ouvir Jessica dizendo:

– Clint, tem algo que acho que você deveria saber...

E então o avião sacudiu abruptamente. Um alarme começou a tocar, e todos os compartimentos no alto se abriram.

Ao lado de Peter, Luke praguejava tão baixo e sutilmente, que parecia estar rezando.

Houve um solavanco quando o equipamento de pouso tocou o chão, seguido por um longo chiado dos freios que foram acionados. E então, para a surpresa de Peter, o avião diminuiu de velocidade, até fazer uma parada surpreendentemente suave.

Por um momento, tudo ficou em silêncio.

– Bem... – Tony levantou-se muito pálido, com a camiseta preta e as calças molhadas de suor. – Bem-vindos à Terra Selvagem. Em meu nome e no de minha equipe de voo, agradeço por escolherem viajar conosco. – Ele apertou um botão numa pulseira dourada em seu pulso e uma porta se abriu no chão da cabine, revelando a armadura do Homem de Ferro. Como se estivessem magnetizadas, as peças da perna giraram e foram atraídas para as pernas de Tony, encaixando-se no lugar. As outras peças vieram em seguida, encaixando-se umas nas outras com uma rapidez impressionante.

– Está certo, pessoal – disse Steve. – Hora de reunir os equipamentos.

Luke se levantou.

– Não sei vocês, mas eu preciso de um minuto no banheiro.
– Meu pé adormeceu. – Peter sentiu um formigamento de desconforto, e então um pressentimento muito forte. Havia um desastre iminente.
– Pessoal – ele disse. – Temos que sair deste avião imediatamente.
– Do que você está falando?
– Estou com um mau pressentimento.
– Ok, pessoal, vamos sair – pediu Steve. – Se Peter diz que está sentindo algo, eu confio nele.
– Eu também – disse Jessica.

Fora do avião, Peter foi atingido pelo cheiro forte, fétido e enjoativo da vegetação apodrecida. Tony tinha conseguido pousar o avião em uma pequena clareira, mas havia uma densa floresta ao redor deles, praticamente fechada com cipós, galhos e folhas. O ar era tão úmido, que ficava difícil respirar, e muito mais falar, e Peter se perguntou se aquilo tudo contribuíra para aumentar sua sensação de alarme.

Jessica se aproximou de Peter e colocou a mão em seu braço.
– O que foi, Pete?
– Não tenho certeza.
– Devemos...
– Espere. – Então ouviram algo atravessando as árvores na direção deles, gritando estridentemente. Um segundo antes de a criatura se fazer visível, Peter se preparou, pois sabia que o primeiro risco ao se encarar um monstro era congelar de pura surpresa. *Está certo, seu réptil horroroso*, ele pensou, *venha brincar comigo*.

Só que não foi um réptil gigante que irrompeu do meio das árvores, inclinando a cabeça e olhando para eles com os pequenos olhos malevolentes.

Era um pássaro.

11

— **MINHA NOSSA!** — espantou-se Luke. — O que é isso? Um passarinho anabolizado?
— Eles são chamados de pássaros do terror — disse Jessica.
— Phorusrhacid — corrigiu Tony, e a voz dele soou robótica através do capacete do Homem de Ferro. — Parte de uma raça de enormes pássaros carnívoros que não voam, parentes distantes dos falcões e papagaios que temos hoje.
— Ei, louro — Luke fez um sinal para a criatura. — Quer um biscoito? — Ele estalou os dedos da mão direita, e o pássaro do terror de 3 metros de altura se virou para Luke, rufando as penas cinzentas do pescoço e empinando a cabeça.

Clint já estava com uma flecha posicionada e seguia o pássaro com a mira.
— O que ele está fazendo?
— Considerando as várias opções de jantar — ironizou Peter. O pássaro fixou nele os olhos negros, abriu o bico afiado e curvado e soltou um grito agudo. — E parece que o cliente vai optar por um filé de Homem-Aranha extremamente raro.

Clint soltou a flecha enquanto o pássaro do terror avançava na direção de Peter; a flecha atingiu-o na lateral do imenso corpo, mas mesmo assim as poderosas pernas não perderam o ritmo das passadas. Clint correu para acompanhá-lo, posicionando outra flecha. As garras do pássaro pareciam tão afiadas quanto o bico, e Clint torceu para não ser obrigado a se aproximar demais da criatura.

– Tony – Clint gritou –, você acha que pode... – Mas ele não continuou o que ia dizer, pois um bando de pássaros do terror os atacava agora.

Capitão América lançou o escudo no pássaro que atacava Jessica, mas ela rolava para o lado enquanto atirava, e o escudo interceptou uma das balas. Homem de Ferro estava no ar, erguendo pela cauda um dos pássaros gigantes. Infelizmente, a criatura ainda tinha os braços de Luke firmemente presos entre o bico.

– Tony – Luke gritou, pendurado a dez metros do chão. – Assim você não está me ajudando!

Tony deu um soco no bico do pássaro, e a criatura acabou soltando Luke, que caiu no chão rolando, mas prontamente se pôs de pé.

– Você está bem?

Luke espanou a poeira do corpo.

– Não precisa mais me fazer favores.

Obviamente, eles ainda não haviam entendido as armadilhas de trabalhar em grupo.

Clint disparou três flechas no pássaro que seguia Peter – atingindo-o na asa esquerda, pescoço e traseiro – e praguejou em voz baixa quando o pássaro reagiu, aumentando a velocidade. Clint queria selecionar uma de suas flechas especiais, mas não conseguia manipular a aljava enquanto corria. E então Peter surgiu de entre as árvores, parou de correr e começou a disparar teias nos galhos mais baixos. Por um momento, Clint pensou que ele estivesse ficando louco, mas logo se deu conta de que Peter estava fazendo uma rede com a teia. O único problema era que ele nunca conseguiria terminar a tempo. Peter olhou por sobre o ombro e começou a trabalhar mais depressa, deixando as tramas das teias mais abertas.

– Clint? Pode me fazer um favor? – pediu Peter, mantendo a posição enquanto os pássaros do terror se aproximavam cada vez mais. – Será que podemos manter segredo sobre eu ter fugido de uma galinha gigante?

– Foi mal, cara. Agora eu já postei uma foto no Facebook.

No último minuto, Peter saltou para uma das árvores mais próximas, deixando o pássaro correr diretamente para a rede.

– Ei! – comemorou Clint. – Acho que você conseguiu.

– É – disse Peter. – Acho que eu... ah, droga.

Um dos pássaros conseguiu abrir um buraco na rede com o bico afiado e avançava na direção de Peter. Clint disparou mais uma flecha, e dessa vez conseguiu mirar com mais precisão a cabeça do pássaro. A criatura guinchou e caiu no chão.

Clint olhou ao redor. Tony vinha como um jato na direção do chão enquanto Steve limpava as penas grudadas em seu escudo.

– Acho que esse foi o último.

– Sabe... – disse Peter enquanto recuperava o fôlego. – De certo modo, eu imaginava que fazer parte de um time de super-heróis significava não ter que correr para se salvar. E nem fomos atacados por um T-Rex.

– Acho que é isso o que acontece quando se reúne um time de solitários. – Enquanto falava, Clint analisava o campo. Avistou Luke agachado ao lado de um pássaro do terror mortalmente ferido. Ele quebrou o pescoço do bicho, acabando assim com sua agonia. No entanto, não havia sinal de Jessica, e Clint começou a fazer uma busca mais sistemática, esquadrinhando mentalmente o campo.

Nada. Ela havia sumido.

– Temos que sair daqui – disse Luke enquanto Clint se aproximava. – Toda essa gritaria só serviu para informar aos outros predadores das redondezas que o jantar está servido.

– Jessica desapareceu – informou Clint, movendo os olhos novamente pelo campo em busca de algum sinal vermelho. Por sorte, ela estava usando o brilhante traje de Mulher-Aranha em vez do macacão negro da S.H.I.E.L.D.

– Acha que algum pássaro pode tê-la capturado?

– Eu não vi nenhum outro pássaro – disse Luke. – E é bem difícil não enxergá-los aqui.

– Vou fazer uma varredura aérea – disse Tony, começando a se erguer do chão.

Nesse momento, um inconfundível grito feminino de dor emergiu em meio à folhagem tropical atrás deles. Clint sacou do bolso uma pequena faca e começou a cortar a densa vegetação, a mandíbula contraída de tensão, já se preparando para o pior.

E o que viu era tão inesperado, que ele acabou irrompendo em gargalhadas. Jessica não estava sendo atacada por um pássaro do terror, e sim assustada por ter se deparado com a Viúva Negra. Os cabelos negros e o uniforme vermelho e amarelo de Jess formavam um contraste perfeito com o traje blindado e os cabelos ruivos da mulher de pequena estatura. Jessica havia imobilizado o braço de Natasha, fazendo-a segurar a própria lâmina em forma de estrela contra a garganta. Imperturbável, Natasha emitia alguns sons raivosos em russo, e Clint nem precisava ter doutorado em idiomas eslavos para adivinhar o que significava aquela última palavra.

– Bem, como eu poderia ter certeza de que você não tentaria me ferir? – Jessica não soltava o braço da outra mulher. – Você veio de mansinho por trás de mim e colocou a lâmina no meu pescoço!

– Eu não a reconheci assim, com a máscara e o traje – defendeu-se Natasha, deixando transparecer um leve sotaque. – Achei que você fazia parte da gangue de metamorfos de Lykos.

– Jessica, acho que você já pode soltá-la – disse Steve.

Tony lançou a Steve um olhar amargo.

– Estraga-prazeres.

Mas Jessica não cedeu.

– Não até que alguém a segure. Ela tentou cortar minha garganta.

– Ela não vai a lugar algum – disse Steve, com a mão no ombro de Jessica. – Deixe-a ir. – Ele a puxou, e Jessica, relutantemente, soltou Viúva.

– Então você a derrubou? Bom trabalho.

Clint olhou para a parceira, mas era difícil saber o que ela estava pensando atrás da máscara vermelha que lhe cobria os olhos.

– Obrigada, mas, para ser honesta, acho que exageraram quando me contaram sobre as habilidades de luta dela.

Natasha semicerrou os olhos verdes.

– E me enganaram sobre os seus. Me disseram que você não tinha poderes.
– E não tenho mesmo – disse Jessica, limpando dos joelhos os fragmentos de relva grudados. – Por isso, pare de procurar desculpas.

Natasha ergueu uma das sobrancelhas. Ela evidentemente não acreditava no que ouvia.

– Ah, sério? Você está dizendo que me derrubou sem usar nenhuma habilidade especial?

Jessica deu de ombros.

– Sinto muito, querida. Às vezes, a verdade é dura.

Clint, que estava de olho em Natasha, segurou-a um segundo antes de ela fazer menção de atacar. A ruiva tentou resistir.

– *Durak!* Não vê que ela está mentindo? Você mesmo lutou contra mim, lembra? Ela é realmente melhor do que você no combate corpo a corpo?

Clint não disse nada, mas registrou o fato de Jessica ter conseguido subjugar Natasha muito mais rápido do que ele no aeroporta-aviões. Talvez Jess fosse uma lutadora melhor do que ele imaginava; talvez ela tivesse a oportunidade da surpresa. Mesmo assim, ele nunca imaginaria que Jessica fosse melhor do que ele sem seus poderes – e não pensava assim por ser um babaca machista – ou, pelo menos, tinha esperança de não o ser.

– Solte-a – disse Jessica. – Ela quer outro *round*? Por mim, tudo bem.

– Pare com isso – pediu Steve, em um tom de voz no limite entre a camaradagem e o comando. – Temos muito a fazer por aqui, e não está sendo um dia fácil. – Ele gesticulou, apontando a área ao redor deles, repleta de carvalhos e gigantescos pinheiros, que poderiam ocultar em suas sombras uma horda de mamutes raivosos. – Corremos o risco de virar comida de algum monstro enquanto vocês duas estão aí nessa briguinha.

– Se você soltá-la, ela vai voltar correndo para Lykos e contar a ele onde estamos – disse Jessica.

115

— Eu não estou *com* Lykos. Eu vim aqui atrás de Lykos. — Por sobre o ombro, Natasha olhou para Clint. — Você pode me soltar agora.

Clint soltou o braço de Natasha.

— Então devemos acreditar que você por acaso notou que Lykos fugia da Balsa e simplesmente decidiu ir atrás dele?

Natasha se posicionou de modo a ficar com as costas contra uma árvore, e assim poder ver todos os outros membros do grupo.

— A maioria dos internos estava simplesmente fugindo, tentando desaparecer dali. Lykos se movia como se deliberadamente tivesse um plano. Eu o vi perto da doca, encontrando-se com a bruxa albina, o homem babuíno e alguns outros, e me pareceu que eles não se encontraram por acaso.

Houve muitos murmúrios no grupo enquanto todos assimilavam a informação.

— E por que você se importa? — Jessica se moveu, e Natasha virou a cabeça na direção dela. — Eu achei que você estivesse interessada apenas em trabalhos pagos.

— Eu não estou fingindo altruísmo — disse Natasha. — Mas pretendo investir a longo prazo. E, como você sabe, estou considerando as vantagens de trabalhar ao seu lado.

— Aham — disse Clint. — E como exatamente você chegou à Terra Selvagem sem a ajuda de Lykos? Não tem como embarcar em um voo comercial até aqui.

Clint se apoiou em outra árvore e cruzou os braços, mais interessado em ler a expressão da Viúva do que em ouvir sua resposta.

— E como será que cheguei ao aeroporta-aviões? Tenho meus meios — disse Natasha, dobrando sua estrela ninja e a recolocando no cinto de utilidades. — Talvez eu lhe ensine alguns truques.

— Eu acho que deveríamos trabalhar juntos — disse Tony, erguendo a placa facial e se colocando ao lado de Natasha. — Na verdade, eu estaria disposto a trabalhar bem pertinho de você... Como é mesmo o seu nome?

— Natasha Romanova — Clint respondeu por ela. — E ela está trabalhando comigo.

Jessica lançou a ele um olhar incrédulo, perguntando-se se ele teria ficado louco, mas Clint não se importou. Tudo bem se todos pensassem que ela o havia iludido, ele tinha as suas razões para se manter perto da espiã russa.

Se ela estivesse trabalhando para Lykos, era responsabilidade dele garantir que ela não os mandasse direto para as mãos do doutor. Ele havia desobedecido às ordens de Hill quanto a matar a Viúva, e acabou deixando-a escapar; se o fato de tê-la deixado viver se revelasse um erro, Clint deveria corrigi-lo. E logo.

••••

Clint ficou de olho em Natasha enquanto ela distribuía pedaços de pássaro do terror assado. Ele imaginou que as chamas impediriam que a vida selvagem local os atacasse, mas sem dúvida o cheiro da carne assada atrairia um pouco de atenção. Conforme as sombras se projetavam, ouviam-se gritos agudos e pios vindos dos topos das árvores, e o sacolejar de alguma criatura arbórea se movendo entre os frondosos galhos acima deles. Como já era fim de novembro e estavam no hemisfério sul, o sol começava a se pôr somente naquele momento, faltando uma hora para a meia-noite, e haveria apenas algumas horas de escuridão antes que se erguesse novamente.

Isso significava que ninguém ali poderia dormir por muito tempo, o que não era de todo ruim, considerando que estavam numa selva repleta de dinossauros, feras mutantes e várias tribos hostis. Entretanto, a falta de sono não ajudaria a melhorar o humor da equipe, que já não era dos melhores. Depois da luta com os pássaros do terror, eles passaram metade do dia rastreando pistas falsas no detector de energia mutante de Tony, e agora estavam exaustos e mal-humorados.

Bem, pelo menos não ficariam com fome.

– Alguém aceita mais carne?

– Não depois de tê-la visto arrancando a cabeça dele – recusou Peter. – Estou satisfeito com minha carne seca congelada, obrigado.

– Acho que vou querer mais um pedaço – disse Luke, caminhando até a fogueira, que crepitava sob os sucos da carne pingando, ainda com algumas penugens grudadas às asas e pernas. De vez em quando, alguém cuspia uma pena trazida pela brisa tropical.
– Então, Tony, você tem alguma ideia de por que seu aparelho não funcionou? – Luke apontou sua baqueta. – Não quero desperdiçar mais tempo correndo em círculos.
– Só há uma explicação possível – Tony ergueu o olhar. Ele estava com uma pequena chave de fenda nas mãos e uma das manoplas no colo. Um painel estava aberto, revelando algum complicado circuito ali dentro. – Lykos deve estar dentro de algum tipo de estrutura feita com grandes quantidades de vibranium. É a única coisa capaz de deter os sensores.
– Certo, isso diminui a abrangência de nossa busca – disse Luke, dando outra mordida na carne. – Quantos edifícios de vibranium devem existir neste lugar?
– Na verdade, alguns – disse Steve. – A Terra Selvagem é uma das maiores fontes naturais de vibranium, por isso que as estações científicas são frequentemente construídas por aqui.
– Eu vi algo no mapa – disse Jessica, levantando-se e esticando o corpo. – As ruínas de uma cidadela.
– Vale a pena dar uma olhada. E também há o posto avançado da S.H.I.E.L.D.
Clint observava Natasha, sentada em silêncio ao seu lado, prestando atenção em tudo.
Todos se sobressaltaram com o estalo repentino de um galho. Derrubando as baquetas, Luke se levantou.
– Ei, o que foi isso?
– Fui eu – disse Peter, erguendo as mãos. – Você vai atirar em qualquer um que precise ir ao banheiro?
– Desculpe, estou acostumado com as selvas urbanas. – Luke juntou as baquetas do chão e as atirou no fogo. – Se você me colocar em um bairro tão ruim que até os ratos têm medo de sair à noite, fico numa boa. Mas o problema é que não passei muitos verões fazendo trilhas e acampando.

– Também não é exatamente a minha zona de conforto... – concordou Peter, soltando um discreto grunhido ao se sentar no chão.

– Balançar-se em árvores requer o uso de um grupo diferente de músculos, pois estou acostumado aos edifícios.

– Que bando de chorões – reclamou Tony. – Talvez devêssemos batizar nossa equipe de Vingadores Urbanos e explicar que não podemos assumir nenhum trabalho que ultrapasse os limites da área metropolitana. – Ele havia retirado a armadura e usava uma camiseta regata branca, deixando à mostra o formato do minirreator embutido no centro do peito. – Sinto muito que os vilões tenham vindo se esconder em um pântano – ele continuou com a voz fininha, para tirar uma da cara deles. – Mas lidar com a vida selvagem não faz parte do meu trabalho.

– Você acha que tenho medo da vida selvagem? – A voz de Luke estava tão baixa, que soava como um grunhido. – Mês passado, tive que enfrentar seis Corsos do Bastão, modificados geneticamente com ossos e dentes de adamantium, e sem inibição alguma de atacar humanos.

Ele puxou um palito de dentes do bolso e o enfiou na boca.

– Peter pode ser um preguiçoso da cidade, mas eu estou em contato com a vida selvagem o tempo todo.

Ele olhou de lado para Peter, sugerindo que estava brincando com ele.

– Certo, todo mundo pode ser valentão quando não há perigo de sofrer nenhum arranhão.

Peter abriu o zíper do uniforme até o pescoço e o puxou para baixo, o suficiente para revelar os horríveis ferimentos em suas costelas.

– Além disso, meu pulso está quebrado.

Jessica recuou um pouco.

– Nossa, Peter. Isso deve doer muito.

– Poupe-me de suas histórias chorosas – Tony puxou a perna da calça. – Dê uma olhada nisso.

Luke, retirando os pratos, lançou um olhar divertido por sobre o ombro.

119

– Isso aí? Essas perninhas brancas de frango?
– Não, pernas *rosadas* de frango, que uma mulher vulcão doida tentou derreter. E vai até bem alto nas coxas. Deixe-me dizer uma coisa, um pequeno corte ou galo não se compara a uma queimadura de terceiro grau na região dos países baixos.
Jessica entregou seu prato a Luke.
– Você não estava usando armadura?
Tony deu de ombros.
– O que posso dizer? Era uma mulher vulcão doida, mas muito atraente.
– Bem, já que estamos brincando de "mostra o seu que eu mostro o meu..." – Jessica levantou os longos cabelos negros. – Estão vendo isso aqui?
Ela apontou uma cicatriz fina, quase imperceptível, perto da linha da nuca.
– Dr. Octopus tentou me escalpelar.
– Não brinca – disse Steve, puxando o cabelo para trás também. – Eu tenho uma igual, cortesia de Arnim Zola. Ele estava tentando extrair meu cérebro, para assim conseguir se apoderar de meu corpo.
– E quem pode culpá-lo? – murmurou Jessica, deixando Steve tão surpreso, que Clint quase caiu para trás de tanto rir. – Que cicatrizes você tem, Gavião Arqueiro?
Clint, ciente da silenciosa russa sentada ao seu lado, pensou em qual das cicatrizes iria expor. Parecia bacana os caras quererem exibir suas pequenas marcas e arranhões, mas Clint havia sofrido alguns ferimentos que necessitaram de cirurgia e fisioterapia, e ele não queria revelar nenhuma fraqueza em potencial.
– Bem, pra começar, eu tenho esta.
Ele abriu o colete de couro, revelando o tecido cicatrizado e atravessado num ângulo diagonal sobre o coração.
– Jesus – admirou-se Peter. – O que foi isso?
– Vidro quebrado – respondeu Natasha, quase inaudivelmente. Sem luva, ela percorreu a cicatriz com o dedo. Clint sentiu um arrepio involuntário antes de segurar o pulso dela. – Como foi isso?

— Do mesmo modo como todos aqui, em uma luta.

O olhar de Natasha parecia intencionalmente distante, para alívio de Clint.

— E quem era o seu adversário?

Clint hesitou, e então decidiu que não se importava.

— Eu não sabia o nome dele. Não foi esse tipo de luta.

— Ah. — Seu assentimento demonstrava que ela entendia o que ele estava dizendo. Aquela cicatriz não era o resultado de ter enfrentado um adversário com superpoderes usando um traje colorido. Tinha sido um tipo de batalha obscura, sem qualquer glamour. Em um período anterior a Clint ter habilidades com as quais pudesse se proteger.

— E você, Srta. Romanova? — manifestou-se Jessica. — Tem alguma cicatriz que gostaria de nos mostrar?

Natasha hesitou, e então abriu a parte frontal do macacão negro. Por baixo, Clint viu, ela usava um modesto sutiã esportivo preto que não achatava completamente as generosas curvas dos seios.

— Tenho esta — ela disse, puxando a alça para o lado para deixar à mostra a cicatriz em formato de V abaixo da clavícula. Seus olhos se encontraram, e Clint entendeu o que ela estava revelando: uma infância não muito diferente da dele.

— A minha é maior — ele argumentou.

Natasha puxou a manga do macacão negro. Clint segurou o braço dela e examinou os pequenos cortes quase invisíveis que ela tinha na palma da mão e na macia parte interna do antebraço. Então ela mostrou o outro braço; ali as marcas eram mais visíveis.

— Cortes de defesa. Quantos anos você tinha?

— Dizem que eu tinha sete — disse Natasha, dando de ombros. — Mas é o que acham. Por muito tempo, fui pequena para minha idade, então é possível que eu fosse mais velha.

Ouviu-se um estalo vindo do fogo, e ninguém disse mais nada. Sem se dar conta do que estava fazendo, Clint passou o polegar pelas marcas na pele tenra do antebraço de Natasha. E então, percebendo o que fazia, ele soltou-a, pegou o arco e o colocou sobre o colo para limpá-lo.

– Você já não limpou isso aí?

Clint não ousou olhar para Jessica.

– Eu não lhe digo como deve cuidar de sua arma, digo?

Jessica levantou-se e saiu de perto de Clint.

– Tony – ela disse, sentando-se ao lado dele. – Conseguiu alguma coisa ao hackear os arquivos de Lykos?

– Ainda não, mas o sistema automático continua em execução, tentando tipos diferentes de combinações de senhas. Aliás, o posto avançado da S.H.I.E.L.D. ainda está fora do ar.

Jessica fitou Viúva Negra por um instante.

– Sim, eles provavelmente vão ficar assim por mais três ou quatro horas, como parte do exercício de treinamento.

Tony olhou para Jessica, e então rapidamente para Natasha.

– Ah, sim, o exercício de treinamento. Esqueci...

Clint tentou não rir. Para um gênio, Tony certamente era lento em entender as coisas. Clint sabia que a Viúva não seria enganada por aquela conversa, nem por um segundo. Jessica e Tony continuaram discutindo estratégias para a invasão dos arquivos.

Pela posição do queixo de Jessica, Clint sabia que ela estava irritada com ele. Da próxima vez que se sentassem juntos, Jessica com certeza não ficaria ao seu lado. *Não sou um babaca tentando dormir com a garota nova*, ele queria dizer. *Sou um assassino da S.H.I.E.L.D. tentando determinar se devo executá-la.* Mas isso não explicava o rubor que tomou conta de Clint quando ele tocou o braço da russa. *O braço dela, caramba!* Se tudo aquilo não fosse mortalmente sério, teria sido histericamente engraçado.

De repente, todos ficaram em silêncio, e Clint ficou prestando atenção ao coro de sapos chilreantes ali perto, pontuado por algo que criava um ritmo percussivo em uma árvore.

– Então, pessoal – manifestou-se Tony. – Eis o meu plano. Ao amanhecer, farei um rápido reconhecimento aéreo, passando por todos os complexos científicos, pelo posto da S.H.I.E.L.D. e pela cidadela.

– Devo discordar – disse Steve. – Se Lykos o avistar sobrevoando a região, vamos estragar o elemento surpresa. E deve haver mais de um milhão de jeitos de se perder na floresta. Precisamos ficar incógnitos.

Ele pegou um graveto e desenhou um mapa da área no chão.

– Aqui estão os três grandes complexos científicos... Dois deles localizados em ilhas remotas e um no topo de uma montanha. Precisamos também fazer um reconhecimento da cidadela e do posto avançado da S.H.I.E.L.D., ou seja, há cinco alvos em potencial, e nós estamos em seis.

– Sete – disse Natasha.

– Você não é uma de nós – interrompeu Jessica. – Capitão, acho que Clint, ou até mesmo eu, pode verificar o posto da S.H.I.E.L.D.

– Vocês dois vão juntos. Luke, acho que você e Peter devem ir na direção das ruínas da cidadela. Eu vou investigar o complexo científico.

Tony fechou o painel da manopla.

– Imagino que você queira deixar por minha conta as duas ilhas...

– Como você pode viajar por baixo d'água, sim, quero. Acho que é o mais correto.

Tony apontou para o mapa de terra.

– Você sabia que temos notebooks?

– Força do hábito. – Steve usou o graveto para limpar as marcas. – Agora, é melhor descansar um pouco. Temos um longo dia pela frente.

Clint assentiu.

– Quem vai fazer o primeiro turno de vigilância?

– Minha armadura tem um alarme contra intrusos – disse Tony, colocando o capacete sobre uma pedra. – Fique de olhos abertos, armadura.

Os olhos da armadura se iluminaram.

– Afirmativo, Sr. Stark.

– Acorde-nos se notar algum convidado indesejável. – Tony distribuiu sacos de dormir feitos de um fino material desenvolvido pela Stark.

Um por um, os novos Vingadores se estenderam no chão em volta da fogueira, acomodados nos sacos de dormir, e fecharam os olhos, tentando aproveitar o que restava da noite. Para alguns, foi mais fácil dormir do que para outros. Para Clint, nunca era... O que acabou sendo bom naquela noite.

12

SOB A COBERTURA DA ESCURIDÃO, enquanto Capitão América vigiava eventuais ameaças externas, Natasha afastou-se discretamente do acampamento dos Vingadores. Ela se movia com extremo cuidado, transferindo o peso de uma perna à outra com a leveza de uma dançarina, calculando os passos para que coincidissem com os gritos de animais distantes ou com o farfalhar das folhas ao vento. Quando alcançou uma distância segura dos outros, surpreendeu-se com a pontada de arrependimento que sentiu ao deixar para trás o calor e a relativa segurança do fogo. *É claro*, ela zombou de si própria, *que é do fogo que você sentirá falta, e não de um certo arqueiro de excelente mira que viu mais do que você gostaria.* E o mais perturbador era que ele compreendia o que tinha visto. Como Natasha havia aprendido nas práticas de psicologia aplicada, o sentimento de ser compreendido é extremamente sedutor. A beleza é capaz de atrair, o erotismo pode iludir, mas a convicção de ser realmente e intimamente compreendido pelo outro é que cria o sentimento de confiança.

E havendo confiança não pode haver traição – o real propósito de um espião.

O polegar dele sobre as antigas cicatrizes. Esperto o bastante para agir como se aquele fosse um toque inadvertido, e então retirar a mão repentinamente, como se ela não soubesse o que ele estava fazendo. Isso tinha sido tão eficaz, que Natasha achou que também deveria tentar. E aquele olhar expressivo – como ele conseguia alcançar o equilíbrio perfeito entre prudência e cordialidade? Mais convincente, impossível.

Quase a havia enganado. Não. A *havia* enganado. Só um pouco, só por um momento, antes que ela se lembrasse de seu treino.

Natasha tropeçou na raiz de uma árvore, e então ficou estática, ouvindo com atenção. *Nada*. Estava sozinha. E era assim que deveria ser. A Viúva Negra não anda por aí sentindo falta de fogueiras nem da companhia de um ladrãozinho que, apesar de ótimo arqueiro, nem ao menos é o integrante mais forte do grupo, muito menos o mais inteligente ou bonito. Não era nem mesmo muito alto, pelo amor de Deus.

Só podia imaginar o que Yelena diria: "Ele parece um pedreiro esperando que a mulherzinha lhe sirva pelmeni enquanto bebe vodca barata". Natasha sabia que, se ainda pudesse falar com Yelena, ela lhe tiraria da cabeça aquela atração absurda. Mas Yelena ainda estava no programa, e Natasha não conseguia pensar em nenhum modo seguro de entrar em contato com a melhor amiga.

Distraída, Natasha repentinamente ficou presa aos cipós, e precisou de alguns segundos para se soltar. A noite tropical estava quase totalmente negra, e Natasha mal conseguia enxergar brilhando no escuro a pequena bússola que surrupiara das coisas de Gavião Arqueiro enquanto ele dormia. Não importava. O principal era voltar ao acampamento de Lykos e encontrar guarida antes de amanhecer.

Natasha tropeçou de novo, dessa vez em algo que sibilou. Parou com o coração acelerado, pensando se deveria esperar até que estivesse mais claro.

Não, ela pensou, *melhor continuar adiante*. Imaginou quantos predadores noturnos poderia haver naquele lugar. Nunca havia se sentido tão despreparada para uma missão. Normalmente, era muito bem-treinada por seus chefes, mas agora estava por conta própria, com recursos limitados. E, pelo que havia entendido, ali na Terra Selvagem havia tipos diferentes de dinossauros, de períodos pré-históricos distintos, além de tigres-dentes-de-sabre e outros mamíferos da Era do Gelo. Os imensos pássaros que atacaram o grupo na verdade eram de um período anterior – depois do grande evento de extinção que havia exterminado os répteis gigantes, mas antes da mudança climática que levou os mamíferos gigantes para o topo da cadeia alimentar.

Apesar de tudo, a Terra Selvagem podia parecer uma selva, mas era uma construção completamente artificial, criada por algum alienígena querendo colecionar formas de vida com mais entusiasmo do que disciplina – como uma criança teimosa escolhendo aleatoriamente peixes incompatíveis para colocar no aquário, e depois não se importando nem um pouco se um deles começasse a dizimar os companheiros, pois estaria longe, entretida com outros brinquedos.

Um ruído veio dos arbustos, como se uma criatura estivesse farejando. Natasha colocou a mão na arma que tinha roubado da mochila de Jessica: uma pequena Glock calibre 26. Não era uma proteção muito eficaz, mas melhor assim do que confiar inteiramente na estrela ninja que tinha pegado de um dos prisioneiros da Balsa. O animal farejador emergiu, revelando-se uma pequena criatura suína, o focinho enfiado no solo e nas folhas atrás de insetos e outras coisas comestíveis.

Natasha tentou controlar os nervos, mas sentia o coração ainda mais acelerado do que o normal. Ela tinha noção de quantos homens conseguiria enfrentar e vencer, mas não tinha ilusões quanto a sair vencedora em um embate corporal com um Tiranossauro Rex.

Talvez fosse prudente simplesmente voltar e tentar a sorte como integrante do grupo de Gavião Arqueiro. Era uma opção bastante tentadora, e Natasha soube instantaneamente que deveria resistir a isso. Eles não confiavam nela, e Jessica sabia que Natasha estava de olho nela – o que tornava Jessica particularmente perigosa. *Eu não deveria ter dito aquilo sobre os poderes dela... Foi muita estupidez da minha parte. Um passo em falso.* Jessica poderia facilmente se aproveitar de alguma batalha e tentar se livrar de Natasha.

E também havia a questão de Clint. Dentre todos do grupo, ele era o mais difícil de ser analisado. O instinto de Natasha lhe dizia que Clint era agora mais perigoso para ela do que antes. Quando estava na Balsa, ele a mantinha em seu campo de visão. Mas agora Natasha o sentia agindo com certa cautela e um tipo diferente de determinação. Ele *a* queria, isso não havia mudado, mas o desejo de um homem por ela jamais a impediu de executar cruelmente seu alvo. Não havia razão para acreditar que o arqueiro hesitaria em dar cabo dela quando chegasse o momento certo.

Novamente, ela foi acometida pela lembrança do polegar de Clint tocando as velhas cicatrizes em seu braço. O que significava aquele toque? Ela podia jurar que sentiu certa doçura, ou algo parecido, naquela carícia. Deve ter sido outra estratégia, um modo de atravessar as defesas dela. Ela mesma já havia usado planos como aquele, tantas vezes que nem saberia dizer. Mas e se houvesse uma chance de aquilo tudo ser genuíno? Ela não conseguia evitar esse pensamento.

Você seria a última mulher no mundo a reconhecer um sentimento verdadeiro. Essa era a verdade. Nas mais simples estratégias da arte da espionagem, ela não poderia baixar a guarda para aquele homem, ou acabaria sofrendo por algo bem pior do que um coração partido. Clint era perito em tiro a distância, mas também perfeitamente capaz de matar à queima-roupa.

Natasha parou e verificou a bússola. *Chort poderi.* Tinha vagado sem rumo novamente. Ela voltou a cabeça na direção oposta quando viu uma luz, como o brilho de um vagalume, voando em sua direção, então começou a correr, mas estava escuro demais para ver direito, e acabou dando de cara com uma árvore. Movendo-se com mais cuidado, ela viu outro brilho vindo em sua direção, e dessa vez pôde ouvir o inconfundível som de uma flecha cortando o ar.

Gavião Arqueiro! Natasha teve o impulso imediato de se esconder, mas no mesmo segundo o arqueiro lançou-se sobre ela, atirando-a no chão.

– Qual é o problema, Nat? – ele disse, segurando-a firmemente pelos pulsos e imobilizando as pernas dela entre as suas coxas. – Não consegue dormir?

Clint devia estar usando lentes de contato especiais, desenvolvidas por Stark, e por isso conseguia caminhar na escuridão, ou então ele tinha a melhor visão noturna do mundo. Natasha tentou lutar por um instante, tentando desvencilhar-se, e então relaxou os músculos, resignando-se. Aceitou que não era capaz de sobrepujar aquela força, muito maior que a sua.

– Sinto muito... Quando me levantei, saí sem avisar porque não quis incomodá-lo.

– Você é mesmo muito gentil.

Natasha se inclinou e lhe deu uma cabeçada. Os dois rolaram pelo chão, cada um tentando furiosamente ter vantagem sobre o outro. Quando finalmente pararam, Natasha pressionava a Glock contra a têmpora de Clint, e ele apertava a faca contra a garganta dela.

– Empate – ele disse. – Se eu sentir que você está ficando tensa, corto sua jugular.

– Se eu sentir que você começou a se mover, estouro seus miolos.

Era um impasse perfeito, exceto pelo fato de estarem deitados, pressionados com tanta força e tão intimamente um contra o outro, que Natasha podia sentir cada músculo retesado do corpo atlético do arqueiro.

– Está a fim de me contar por que saiu de mansinho do acampamento? Ou devo poupá-la do trabalho de ter que mentir sobre onde estava indo?

– Eu não estou do lado de Lykos... Ainda não. Mas a ideia de fazer parte do grupo dele me parece mais atraente a cada minuto.

– Suponho que essa é a minha deixa para tentar convencê-la de que nós somos uma aposta mais certeira? – Clint sorriu, mas seu olhar era duro e frio. – Moça, vou contar até três. É o tempo que você tem para me convencer a não tirá-la simplesmente da equação antes que você vá procurar Lykos e nos traia.

– Para que tudo isso? Você já está convencido, nada que eu possa dizer vai mudar a sua opinião.

– Um.

Natasha raciocinava rapidamente, pensando em estratagemas, truques de lutas, movimentos.

– Dois.

Ela desejava não estar tão ciente daquele corpo sobre o dela, ao menos não com aquela sensação tão puramente animal. Ela desejou que ele não tivesse tocado seu braço daquele modo tão suave como fizera no acampamento.

– Três.

Ela sentiu os músculos do corpo todo se contraindo ao mesmo tempo em que os dele, e então aconteceu tão rápido e inesperadamente, que Natasha não soube ao certo quem tinha tomado a iniciativa para que aquele beijo acontecesse. E de repente as mãos dele estavam enroladas em seus cabelos, e as unhas dela enfiadas nos ombros dele, e ele a beijava com tanta força, que ela sentia fagulhas descendo pela espinha, eletrificando cada centímetro de seu ser. E então estavam lutando novamente, mas dessa vez a raiva havia se transmutado em outra coisa. Ou talvez tivesse sido isso o tempo todo, apenas disfarçado de raiva. Eles não eram gentis um com o outro, e nem com eles mesmos, enquanto rolavam no chão duro, tentando arrancar as roupas que formavam uma barreira para um contato mais próximo.

No último segundo possível, Clint hesitou, e então a olhou nos olhos.

– Natasha. É isso o que você quer?

– Não – ela disse, com a intenção de que Clint compreendesse que ela não havia escolhido aquilo, e sim que tinha sido escolhida por aquilo. Mas quando ele começava a recuar, ela o segurou com força.

– Sim... – ela voltou atrás, repetindo a palavra diversas vezes, até que ele a agarrou, retomando a ação com a mesma força e ferocidade.

Clint tentou beijá-la, e Natasha o mordeu no ombro, com força. Aquilo era muito distante das cenas de sedução cuidadosamente coreografadas que ela interpretava antigamente, quando queria manipular os homens. Era muito diferente do que tinha tido com Alexi. Era algo novo, tão primitivo quanto os perigos que os cercavam. Com o resquício de lucidez que ainda lhe restava, Natasha pensou que seria melhor se tivesse sido devorada por algum réptil estúpido.

E então, quando aquela sensação ameaçava tomar conta dela, Clint colocou a mão sob sua cabeça, para protegê-la do chão duro, e a beijou novamente. Natasha não pensou em mais nada.

••••

Clint tentava lembrar se alguma vez já tinha feito algo tão imbecil. Quando criança, no Lar da Fundação Luterana de Iowa, cansado de ter seus parcos pertences surrupiados, ele desenterrou formigas-de-fogo de um imenso formigueiro e as jogou na cama de Erik Gregerson. Quando adolescente, no circo, ele entrou no picadeiro tão bêbado, que mal podia andar em linha reta, e tentou dar um salto mortal. Não, nada disso. Talvez tivesse sido em sua brilhante carreira criminal, quando tentou calar a boca do golden retriever de uma família vizinha, mas sem querer machucá-lo, e acabou com trinta pontos na mão e um registro na polícia.

Não, pensou Clint, enquanto os primeiros raios do sol da manhã atravessavam a folhagem, revelando a elegante curva das costas de Natasha sob a roupa enquanto ela se espreguiçava. Nada se comparava a esta pura, impensada e danem-se-as-consequências imbecilidade. Ele respirou fundo, tentando pensar no que dizer, e então se deu conta de que Natasha estava de costas para ele. *Cristo*. Ela olhou por sobre o ombro, e os dois rolaram para pegar suas armas ao mesmo tempo.

– Tenho a sensação de que já fizemos isso antes – ele disse casualmente, já com a mão na corda do arco, tentando não pensar no que a flecha poderia fazer com aquele rostinho lindo.

– Há uma sutil diferença na posição... – Natasha indicou a Glock, apontada desta vez para o coração dele, e não para a cabeça.

Clint não fez nenhuma piadinha. Parecia um pouco ridículo querer voltar ao flerte com os joelhos ainda fracos por conta dos últimos acontecimentos.

– Natasha... – ele disse, e então, surpreendentemente até para si mesmo, continuou: – Vou baixar o arco. – Ela simplesmente ficou observando-o, sem piscar, enquanto ele colocava gentilmente o recurvo no chão, e em seguida erguia as mãos, com as palmas viradas para ela. – Se o que acabou de acontecer aqui foi apenas uma tentativa de me enganar, então vá em frente e atire.

A mão que segurava a arma não se moveu.

– Claro que eu o estava enganando, da mesma forma que você estava me enganando. Devo admitir que você é muito bom... Arriscar tudo só para conseguir um pouco mais de informação.

– Olhe, eu sei que é um pouco vergonhoso, mas vamos encarar os fatos. O que aconteceu aqui... – Clint apontou para a grama, amassada

pelo peso dos corpos deles. – Não tem como dizer que foi tudo parte de algum plano.
– Por favor. Não insulte a minha inteligência. Você sabe tão bem quanto eu que, na nossa profissão, sexo é apenas mais uma arma.

Clint considerou todas as maneiras pelas quais as mulheres conseguiam fingir paixão. E pensou, não pela primeira vez, que a Mãe Natureza havia lhes dado infinita vantagem na habilidade da enganação. Pensou em quantos homens tinham se deixado influenciar, mesmo sabendo que ali estava uma mestra da manipulação, pelo clássico e enganoso "Comigo vai ser diferente". Ele considerou o fato de que, por mais que estivesse consciente daquilo tudo, Natasha e ele simplesmente ficaram desprotegidos – de todas as maneiras possíveis.

A mente de Clint estava um turbilhão com todos aqueles pensamentos, mas ele não levou mais do que um segundo para tomar sua decisão.

– Nós não estamos em um filme, Natasha. Não podemos ficar aqui parados nesse debate. Você vai ter que atirar em mim ou baixar a arma.

Ele deu um passo à frente.

– Pare aí mesmo.

– Não vou parar. – Ele deu outro passo, e então outro. O cano da pistola estava agora encostado em seu peito.

Ela contraiu a mandíbula.

– Não quero matá-lo.

– Eu sei – disse Clint, suavizando a voz. – Eu também não quero matá-la. – Aquela tinha sido provavelmente a coisa menos romântica que Clint foi obrigado a dizer a uma mulher após o ato, mas aparentemente teve o efeito desejado.

– *Chort poderi!* – Natasha baixou a arma, acionando a trava de segurança. – Não consigo decidir se você é o oponente mais brilhante que já enfrentei ou um completo doente mental.

– Só temos essas duas opções? – Clint apontou para a arma que ela guardava no cinto. – Pode ficar com essa aí.

Ao ouvir aquilo, ela ergueu uma das sobrancelhas.

– Nossa, obrigada.

– Então... – Clint pegou o arco no chão e tirou uma folha molhada do cabo. – Não estou dizendo que devemos confiar cegamente um no outro a partir de agora. Mas acho que devemos declarar uma trégua temporária.

A fissura entre as sobrancelhas dela aumentou.

– E como seria precisamente essa trégua?

– Você sabe onde fica o acampamento de Lykos, não sabe? Que tal se me levar até lá? Depois voltamos até onde está a minha equipe, e eu a defendo deles. – Clint observava Natasha enquanto ela pensava em sua proposta. – No entanto, se você me levar até lá e tentar me entregar aos vilões, terei que reavaliar nossa parceria.

Ela lhe deu um sorriso breve.

– Você *é* doente mental.

– Bem provável. Então, temos um trato? – Clint lhe estendeu a mão.

Natasha apertou a mão dele.

– Quando um canhoto oferece sua mão direita, o que isso significa?

Clint não conseguiu resistir.

– Bem observado. Quer selar o trato com um beijo?

– Acho que não – Natasha apressou-se a responder, retirando a mão da dele e verificando a bússola que tinha roubado de Clint antes de deixar o acampamento, seguindo na direção leste. – Você não é muito bom nisso, não é?

– Ah, então foi essa a causa daquele mau humor – disse Clint, indo atrás dela. – Você estava tentando reclamar.

Natasha soltou um galho que deu um impulso para trás, atingindo a testa de Clint.

– Desculpe. Talvez você devesse olhar por onde anda.

– Pensei que você estivesse tendo um ataque.

Um pouco mais adiante, o caminho começou a se tornar um declive, e o fôlego para falar foi terminando. Mas mesmo olhando-a por trás, Clint sabia que Natasha estava sorrindo.

••••

Às 6 da manhã, Clint estava todo suado. Natasha tinha tirado o sutiã esportivo, mas nenhum dos dois pensou em pegar água antes de sair.

– Não que eu duvide de seu vigor – ele disse –, mas acho que não vamos muito longe se não encontrarmos uma fonte de água.

Natasha desgrudou o cabelo do rosto. Estava encharcada de suor, como se tivesse acabado de sair de uma ducha.

– Faz alguma ideia das coisas que vamos encontrar ao redor de uma fonte de água?

– Sim, mas acho que existe algum tipo de trégua animal para tomar água. Pelo menos, parecia ser assim nos filmes da Disney.

Ela lançou a ele um olhar de desdém.

– Só há trégua até alguém atacar.

– Verdade. Mas deve ser tempo suficiente para pegar uma bebida rápida. – Ele retirou a faixa de couro do cabo de seu arco. – Espere um minuto.

– O que você está fazendo?

– Prendendo seus cabelos. – Ele enrolou a faixa de couro nos cabelos de Natasha na altura dos ombros, puxando-os até prendê-los em um rabo de cavalo malfeito. – E agora?

– Melhor... – Ela parecia surpresa.

Clint se perguntou se, em toda a sua experiência na sedução de homens, ela não estava acostumada a gestos simpáticos da parte deles.

– Então – ela disse abruptamente –, qual o plano para encontrar água?

– Bem, eu... – Quando Clint estava prestes a admitir que não fazia a mínima ideia, ouviu o ruído de um trovão. – Pensei em chamar o serviço de quarto.

– Muito inteligente. – Houve uma segunda trovoada, mais estrondosa e próxima que a primeira. – Você acha que... – As palavras dela foram interrompidas pela chuva, que surgiu de repente, em correntes tropicais, e os encharcou instantaneamente.

Eles se entreolharam, rindo. A chuva que caía formava uma forte cortina, separando-os do restante do mundo.

– Então, o que achou do meu plano? – perguntou Natasha.

– O quê?

Desistindo de conversar, Clint se inclinou para trás, com a boca aberta, e bebeu água da chuva. Natasha o imitou, e então Clint segurou a mão dela e os dois correram, abrigando-se sob uma árvore enorme. Ele retirou o arco e a aljava e os colocou em uma fenda no tronco, e em seguida retirou o colete para cobri-los. Ele trazia um pequeno cantil no cinto, mas estava vazio. Clint o abriu e apoiou contra uma árvore menor. Quando se virou para Natasha, ela rapidamente desviou os olhos, que estavam fixos em seu tórax. *Ah*, ele pensou. *Bom saber*.

– Quanto tempo você acha que vai durar?

– Não faço ideia – ele disse. – Acho que não muito.

Houve mais um trovão, e então a chuva ficou muito mais intensa. Clint quase não conseguiu ouvir a resposta dela. Ele já tinha estado sob chuvas tropicais antes, mas nunca vira nada como aquilo. Ele se inclinou, aproximando-se.

– O que você disse?

Ela repetiu, mas ele balançou a cabeça novamente.

– Desculpe, não ouvi.

Ele se concentrou na boca de Natasha, para tentar ler os lábios dela, e de repente estavam se beijando novamente. Ele a beijou no pescoço e ombro, que estava levemente salgado, e então foi se abaixando. Natasha agarrou seus cabelos curtos, puxando-o para cima. Assustado, Clint olhou para aqueles olhos incrivelmente verdes, tentando descobrir qual era o problema. Para sua surpresa, viu algumas lágrimas escorrendo em sua face.

Ele segurou o rosto de Natasha entre as mãos, mas então percebeu que não eram lágrimas, e sim uma ilusão proporcionada pela chuva. Ele ia beijá-la no rosto, só para ter certeza, mas ela desviou a boca em sua direção. Subitamente, Natasha encostou o rosto no pescoço de Clint, e ele sentiu o arfar de seu peito enquanto ela chorava, dizendo palavras incompreensíveis sob o forte ruído da chuva. Clint não era do tipo de conversar, mas acabou dizendo a ela as coisas mais absurdas. Confissões. Promessas. Declarações.

Porém, quando tudo passou, Natasha continuou em seus braços, e Clint se pegou beijando-a no alto da cabeça. Quando um erro é cometido, uma segunda vez não torna tudo mais complexo. Mas essa vez lhe pareceu uma loucura completamente diferente. Quando a chuva diminuiu um pouco, Natasha afastou a cabeça.

– Então... Você decidiu não me matar ainda?

Ele ficou tenso e fez um esforço para relaxar os músculos.

– O que você quer dizer com isso?

– Você recebeu ordens, certo? E está tentando decidir se deve cumpri-las.

Jesus. Clint virou Natasha em seus braços, para conseguir ver seu rosto.

– Como você sabe? O que me denunciou?

Natasha sorriu, passando os dedos em seus lábios.

– Você. Agora. Mas eu já suspeitava.

Clint beijou a ponta dos dedos dela.

– E quanto a você? Já decidiu se vai fazer jus ao seu nome?

Ela emitiu um sutil ruído de surpresa.

– Pare com isso.

Ele tinha colocado todos os dedos dela na boca.

– Com o quê?

Natasha puxou a mão, secando-a no uniforme.

– Suponho que você não tenha sido treinado nas artes da sedução...

– O Circo Itinerante do Carson não oferecia esse talento em particular, infelizmente. E você?

– É claro. – Ela se recostou no peito nu de Clint, apreciando o contato com sua pele, e repousou a cabeça sobre seu coração. – Dá pra perceber?

– Hum, seria terrivelmente ofensivo se eu dissesse que não? Ou é esse o ponto da arte da sedução?

Natasha não disse nada por um momento.

– Quanto vai demorar para a tempestade passar?

Clint acariciou os cabelos dela e olhou para a chuva.

– Já está enfraquecendo, não vai demorar muito.

Ela pressionou os lábios contra o peito dele.

– Queria que continuasse.

Clint apertou os braços em volta dela, tão forte que tinha certeza de que ela reclamaria, mas em vez disso ela também o apertou com firmeza. Ele estava sucumbindo ali. Se aquilo era uma arte da sedução, então ele já estava seduzido. Tentando abrandar um pouco a intensidade de tudo aquilo, ele relaxou o abraço e disse:

– Se você estiver realmente disposta a me matar... podemos pelo menos fazer mais uma vez?

Ela riu.

– Se continuarmos fazendo isso, nós dois vamos acabar mortos aqui nesta selva.

As palavras dela foram proféticas, pois logo ouviram um som estranho vindo dos galhos acima deles, e de repente estavam sob ataque, numa confusão de pelos e presas.

Mas não eram animais.

Prendendo Clint ao chão, Nekra mostrou as presas num sorriso vampírico:

– Estavam à nossa espreita?

Do outro lado, Clint viu Mandril em cima de Natasha, e algo na expressão símia daquela criatura o deixou tenso.

– Porque nós gostamos muito de espreitar vocês.

E então ele riu, com uma risada babuína que reverberou pela selva.

13

O ROSTO PÁLIDO como o de um cadáver e as presas vampíricas de Nekra eram ainda mais chocantes sob o sol da selva do que sob as luzes fluorescentes da prisão.

– Eu gosto do traje negro de combate – ela sibilou ao passar as unhas longas e afiadas pelo rosto de Clint. Enquanto Natasha os observava, Mandril conseguiu prendê-la numa chave de pernas.

Nekra arregalou os olhos.

– Ah, garotão – ela disse, antes de se voltar para Clint.

Natasha ergueu o olhar para Mandril, resgatando furiosamente algo da memória. Na época de seu treinamento, Natasha e Yelena tinham sido forçadas a memorizar biografias e conjuntos de habilidades de centenas de super-heróis e vilões, do mesmo modo que os estudantes de Medicina são obrigados a aprender as características de várias doenças. Mandril e Nekra eram ambos sobrenaturalmente fortes e rápidos. Em qualquer situação de combate corpo a corpo, Natasha e Clint seriam derrotados. Isso significava que deveriam ser espertos.

Infelizmente, Jerome Beechman era um homem extremamente inteligente sob aquela fisionomia de macaco. O que fazia Natasha perguntar-se: por que ele estava sentado em cima dela em vez de a estar surrando?

– Você já está sentindo? – Ele acariciou o rosto dela com a mão peluda. – Devo admitir que, normalmente, não curto sobras de outros homens. Mas você é especial.

Ah, *kakaya merzot*. Ela havia se esquecido dos feromônios dele. Agora, sim, aquela situação parecia extremamente repulsiva. Mesmo assim, era algo que ela podia usar a seu favor.

– Não me toque, seu animal! – Ela se debateu, sacudindo a cabeça com força.

– Você não vai se sentir assim por muito tempo.

– Clint, socorro, não o deixe... Não... – Natasha arregalou os olhos. – Não me toque.

– Não tocá-la como? Assim? – Ele percorreu um dos dedos peludos pelo rosto dela, descendo até a região entre os seios. – Ou assim?

– Antes que ele conseguisse completar o movimento, Natasha lhe deu uma joelhada no nariz e rolou para o lado.

– Para um cientista supostamente brilhante, você é realmente muito estúpido – escarneceu Natasha, tirando as pernas debaixo dele com um chute antes de lhe desferir um forte soco no rim. – Feromônios agem de forma subliminar. Se você ficar chamando atenção para eles, permite que a vítima se feche para o efeito. – Ela agarrou a Glock e por um momento tirou os olhos de Mandril ali caído, para ver como Clint estava se saindo.

– Muito bem, garota – grunhiu Nekra. – Mas talvez você queira desistir... antes que eu arranque os olhos do seu namorado.

Com o braço ao redor do pescoço de Clint, ela o imobilizou e o colocou de joelhos, posicionando uma das unhas afiadas como um punhal no canto de seu olho direito. Clint olhava para Natasha com um familiar sorriso de pesar.

– Desculpe – ele disse. – Fiquei distraído aqui.

– Que gracinha – ironizou Nekra. – Os cabelos negros dela estavam presos tão apertadamente, que Natasha ficava com dor de cabeça só de olhar para aquilo. – Vou ficar com o olho dele de lembrança.

– Eu não me importo. Estava apenas usando-o – disse Natasha, dando de ombros.

Mandril começava a se mexer no chão, reagindo; ela não tinha muito tempo.

– Ao contrário de você, eu não me enfraqueço com relacionamentos íntimos.

– Ah, está bem, então – Nekra começou a apertar o dedo no olho de Clint. – Talvez você não queira ver essa parte.

– Não quero. Vou estar ocupada dando um tiro na cabeça do seu namorado. – Natasha pressionou o cano da arma na nuca de Mandril.

– Ameaça inútil. Os Vingadores não matam.

– Não sou uma vingadora – disse Natasha. – Muito menos uma super-heroína. Na verdade, não tenho poderes. Então, se eu hesitar em matar, os caras com superpoderes acabam me matando. – Ela engatilhou a arma. Parecia impossível, mas o rosto de Nekra ficou ainda mais pálido.

– Solte-o. Olhe, eu devolvo o seu namorado.

– Você primeiro.

– Ao mesmo tempo.

Elas fixaram o olhar uma na outra. No momento em que Natasha estava prestes a concordar, algo se moveu por trás do olhar impassível e sombrio de Nekra.

– Você não faz ideia do quanto eu a desprezo. Com esse rostinho bonito, você pode ir a qualquer lugar. Fazer qualquer coisa. – As mãos de Nekra agora se fechavam em volta do pescoço de Clint, trêmulas de raiva. O traje de couro que ela usava parecia uma mistura de uniforme sadomasoquista e fantasia de dia das bruxas, mas sua expressão denotava pura angústia e fúria. – Você não pertence a este lugar, e sim ao mundo normal, com pessoas normais, sentadas em cafeterias estúpidas tomando seus cappuccinos enquanto planejam a carreira, em qual escolinha matricular os filhos e as férias em Aruba.

Tenho que arrancá-la dessa linha de pensamento, percebeu Natasha. *Mas como?* O poder da mutante era abastecido pelo ódio, e ela agora surfava em uma onda de pura cólera, que a mantinha irracional, imprevisível e perigosamente forte.

Subitamente, o chão ao redor de Nekra começou a tremer, como se um terremoto estivesse se iniciando. Mas não era uma mudança de placas tectônicas. Tudo ao redor deles, pequenas coisas mortas, começava a vir à tona. Um esquilo dissecado. O esqueleto de um pequeno dinossauro. A carcaça meio devorada de um jovem macaco, pendurada nos galhos de uma árvore por algum predador, caía estrondosamente no chão. *Zumbis.* Nekra estava evocando zumbis, talvez de modo inconsciente. *Graças a Deus não há nenhum cadáver gigante ao redor*, pensou Natasha.

E então ela sentiu o chão se movendo sob seus pés. *Havia ali embaixo um cadáver gigante, prestes a subir à superfície.* Por um segundo, Natasha não conseguiu pensar no que fazer. E então se deu conta de um detalhe pertinente que tinha visto no arquivo daquela mulher: o poder de Nekra era abastecido pela raiva.

– Acha que sou normal? – Natasha fez esforço para não prestar atenção às coisas mortas que a cercavam e tentou não pensar em quanto tempo Clint já estava sem ar. Em vez disso, concentrou-se exclusivamente em Nekra. – Você não faz ideia. Talvez eu até passe despercebida, como Lykos quando está na forma humana, mas, interiormente, sou mais monstruosa do que qualquer um de vocês.

Infelizmente, Mandril havia aprendido a lição sobre não anunciar seus movimentos. Ele se ergueu discretamente e agarrou o pulso de Natasha, forçando-a a soltar a arma.

Mas Clint conseguiu aproveitar o momento de surpresa para derrubar Nekra. Agora suas posições haviam se invertido, e Clint segurava a faca contra a garganta de Nekra enquanto Mandril segurava Natasha com o braço a redor de seu pescoço.

– Vamos tentar novamente – disse Clint. – Que tal você deixar a garota ir? Senão eu posso estragar a palidez de sua namorada, deixando-a com um visual mais vermelho...

Mandril soltou um rosnado de raiva.

– É, eu sei que ela o irritou – continuou Clint. – Mas vamos aceitar o empate, está bem? Quando eu contar até três?

Mandril jogou Natasha na direção de Clint no mesmo instante em que ele liberou Nekra. Enquanto ajudava sua pálida companheira a se levantar, Mandril rosnava para Clint.

– Você acha que estão lidando somente com nós dois? Lykos está formando um exército. Americanos, russos... são todos iguais. Vocês destruíram sua própria terra, mas não podem destruir Pangea.

Com isso, ele jogou Nekra sobre o ombro e saltou para longe. A selva os engoliu em questão de segundos.

Natasha e Clint se entreolharam.

— Você está bem? — Ele tocou a garganta dela.

— Por que você gosta tanto de contar até três? Até parece que somos crianças.

— Não acredito que você quase deixou aquela mulher arrancar meu globo ocular com a unha.

— Não acredito que você a deixou chegar tão perto de fazer isso.

— Eu estava observando você e o macacão!

— Não faça isso. Eu não espero que você me salve, então não espere que eu o salve.

Ela se afastou, assustada com a própria reação. Ela nunca ficava zangada. Nunca perdia o controle. Foi a primeira coisa que lhe ensinaram no treinamento.

— Escute, Natasha. Eu não sei como funciona no lugar de onde veio, mas, se quiser entrar para o nosso time, saiba que eu vou esperar que você me salve, assim como esperaria a mesma coisa de Jessica, Steve, Luke ou Tony. E você deve esperar o mesmo de nós. Não é questão de sexo. É questão de trabalho de equipe.

Ela virou-se para encará-lo.

— Sua preciosa Jessica está mentindo pra você, e você está cego demais para ver!

A reação dele foi curiosamente suave.

— Talvez. E você está cega demais para ver, Natasha?

O telefone via satélite na cintura de Clint tocou, e ele atendeu.

— Sim, eu a localizei. Também encontramos dois dos internos foragidos. — Ele parou e ouviu por um momento. — Afirmativo. Vamos voltar agora para o acampamento. — Ele recolocou o fone no cinto.

— O que aconteceu?

— Temos a localização de Lykos. Luke e Peter o identificaram na cidadela, mas o lugar está cheio de habitantes locais... os Metamorfos.

Natasha franziu o cenho.

— Interessante.

— Eles querem que os encontremos... estou com as coordenadas. Vamos lá. Temos muito chão pela frente.

Ele começou a andar, confiante de que Natasha o seguiria. Ela olhou para um caminho cheio de árvores e arbustos, pensando em como seria fácil fugir. Clint não olhou para trás. Um segundo depois, ele desapareceu atrás de uma densa folhagem. Natasha foi atrás dele.

••••

A noite estranha e curta pareceu chegar repentinamente, então Clint e Natasha pararam para comer e descansar, e acenderam uma pequena fogueira. Clint estimou que estavam a apenas cinco milhas das coordenadas que o Capitão havia lhe passado. Normalmente, ele teria sido mais rápido, mas atravessar a floresta exigia uma combinação de intenso esforço físico e vigilância extrema. A fadiga pode ser tão debilitante quanto o álcool para o raciocínio e os reflexos, e ele e Natasha já estavam exaustos o suficiente para começarem a cometer erros. Clint notou que Natasha mal tocou na carne do pequeno pássaro que ele tinha caçado para lhes servir de jantar.

– Vai me contar o que a está incomodando?

– Sua amiga Jessica recuperou os poderes.

Isso certamente explicava como ela havia derrotado Natasha tão rapidamente naquela luta.

– Tem certeza disso?

– Absoluta. E ela não contou isso a ninguém porque talvez esteja trabalhando para aquele falso posto avançado da S.H.I.E.L.D. Ela pode estar armando pra cima da gente.

– Jessica não faria isso.

Natasha afastou uma mecha de cabelo do rosto.

– Clint, ela trabalhava para a Hidra.

– No passado.

– Você realmente acha que pode confiar nela?

– Engraçado, ela me perguntou a mesma coisa a respeito de você.

– Clint olhou para a coxa do pequeno pássaro em suas mãos, buscando um lugar onde pudesse dar uma mordida decente. – Seja lá o que Jessica estiver fazendo, eu sei que ela jamais trairia os amigos. – Erguendo o olhar, ele disse: – Você disse à Nekra que era um monstro.

– Você está mudando de assunto.

– Eu também já fiz muita coisa de que não me orgulho, mas isso não faz de mim um monstro.

– Clint, sem ofensa, mas o que é que você pode ter feito? Comparado a mim, você é um coroinha.

Clint olhou para ela. Mesmo sem maquiagem e com os cabelos por pentear, ela era sensual, exótica e perigosamente linda.

– Estamos comparando quantos mandamentos quebramos? Eu já usei o nome do Senhor em vão umas cinquenta vezes nas últimas vinte e quatro horas; não vou à igreja desde o funeral de meus pais, e como o meu pai estava bêbado feito um gambá e minha mãe não teve coragem de proibi-lo de dirigir, não honrei muito a memória dos dois desde então. E só para você não pensar que estou lhe contando uma história triste como forma de desculpa, meu irmão mais velho, Barney, viveu a mesma vida que eu, mas se alistou no Exército e depois no FBI. Quanto a mim, menti, roubei e cobicei as coisas alheias desde que aprendi a falar.

– Uau. Já me convenceu. Você é fodão mesmo. – A voz dela era inexpressiva como uma folha em branco.

Clint respirou fundo, e então pensou: *Que se dane.*

– E já cometi assassinato.

– Você matou. É diferente.

– Não há nada de errado com meu idioma, Natasha.

Eles se entreolharam fixamente através das sombras que cresciam conforme a noite caía. Quando Natasha finalmente manifestou-se, não fez a pergunta que ele estava esperando. Em vez disso, perguntou com a voz suave, quase em um sussurro:

– Como você mentia, Clint?

Ele demorou um tempo para entender. *Suponho que você não tenha sido treinado nas artes da sedução.* Havia certa sofisticação naquela pergunta, e até mesmo um toque de superioridade. Ele, mais do que qualquer um, deveria saber o suficiente para não cair no truque da

Mata Hari. Independentemente do nome que se dê a isso, manipular pessoas usando o corpo acumula uma quantidade de fraqueza e lágrimas na alma.

– Eu mentia com meu corpo, se é o que você quer saber.

Ela deu uma risada estranha.

– Por favor. Não tô falando daquele flertezinho adolescente que você finge que é amor por uma ou duas horas.

– Nem eu.

Ela ergueu as sobrancelhas.

– A S.H.I.E.L.D. exige isso de seus agentes?

– Não. Pelo menos, eu acho que não. – Ele pensou no quanto aquela conversa seria mais fácil se tivesse uma bebida nas mãos. Clint estava acostumado a caminhar por lugares perigosos, mas aquele terreno emocional ele já tinha isolado havia anos. Nunca falava sobre esse assunto com ninguém, nem com os psicólogos, nem com os assistentes sociais, nem mesmo com Jacques Duquesne, o cara que o havia tirado das ruas e o colocado no Circo das Maravilhas Itinerantes do Carson.

Clint pegou uma pedra achatada e a passou por entre os dedos, um velho exercício de destreza que ele não fazia havia muitos anos.

– Depois que meus pais morreram, fui para um abrigo. Então, quando eu tinha treze anos, fugi e passei cerca de três meses nas ruas. Isso não está na ficha do meu perfil. O abrigo mantinha registros muito ruins. – Ele tomou um gole de água do cantil, pois sentiu a boca subitamente seca. – Foi uma época ruim. Eu tomei decisões ruins. E algumas delas levaram a situações ruins.

– Você não precisa dizer mais nada. Eu entendo. – Ela remexeu o chão com um galho. – Mesmo assim, não é a mesma coisa. Você era uma criança, e estava desesperado. As coisas que eu fiz... foi enquanto adulta, e ninguém me forçou. – Ela não disse mais nada.

O silêncio se estendeu e ficou desconfortável, tornando-se pesado pelas coisas não ditas.

Jesus. Clint se ergueu e começou a andar em círculos, em volta do fogo, verificando o perímetro em busca de predadores, qualquer coisa que servisse de desculpa para não ter de olhá-la nos olhos. É claro que não era a mesma coisa. Ele era um homem, pelo amor de Deus. Devia estar fora de si por estar revelando seus segredos a uma mulher, ainda mais para *aquela* mulher. O que esperava que ela fizesse? Irrompesse em lágrimas? Viesse correndo abraçá-lo? Começasse a planejar um belo casamento usando o arqueirismo como tema? Ele tinha sido uma criança de rua e ela era um tipo de mestra da espionagem, provavelmente arrependida por tê-lo deixado se aproximar tanto, considerando o sórdido passado dele.

– Clint? – A voz dela era gentil.

Ele continuou jogando pequenos gravetos no fogo.

– Sim.

– Devemos tentar dormir. Quer ser o primeiro?

Clint riu.

– E daí, quando acordar, descobrir que você invadiu a cidadela sozinha? Acho que não.

– Fique à vontade. – Ela se deitou, apoiando a cabeça nas mãos. A camaradagem que os unira por causa da paixão havia acabado. Era melhor assim, ele supunha. Não seria exatamente uma boa ideia voltar para o acampamento de mãos dadas com a notória Viúva Negra. E, pensando bem, ele não havia perdido muito, talvez apenas a chance de fazer um acordo. Nenhum deles fazia o tipo namoradinhos felizes para sempre. Segundos depois, a respiração de Natasha desacelerou e suas pálpebras começaram a tremer. Não que ele a estivesse observando ou algo assim. *Com o que será que ela está sonhando?*, ele pensou, e então se recompôs. *Seja lá com o que for, Barton, não é com você.*

14

NO INSTANTE EM QUE VIU CLINT E NATASHA, Jessica soube que algo havia acontecido entre eles. A primeira pista foi o óbvio fato de Clint não estar arrastando a Viúva Negra algemada atrás de si. Em vez disso, chegaram juntos, ele acompanhando com as longas pernas os passos curtos dela. A linguagem corporal deles era outra dica: não havia cautela no modo como o olhar de Clint seguia a agente russa, e mesmo assim ele continuou com os olhos fixos nela enquanto Natasha cumprimentava Peter e Luke.

Ótimo. Agora não adianta tentar conversar com ele. Vai servir apenas para ele repetir à nova amiga cada palavra minha.

– Ei, Jessica. – Clint deixou o arco e a aljava encostados no tronco de uma árvore e se agachou diante do kit de primeiros socorros. – Fomos os últimos a chegar? – Ele rasgou o pacote de lenços umedecidos com álcool e apertou um deles contra o arranhão no rosto. A Viúva Negra, Jessica notou, não parecia ter nenhum ferimento.

– Steve e Tony vão voltar a qualquer minuto. Todos os outros já estão aqui.

Clint abriu o zíper do colete e limpou um arranhão no peito.

– Por que estão demorando tanto?

– O de sempre... Azar e problemas.

Clint ergueu o olhar.

– Problemas com dentes ou de outro tipo?

– A de Steve tinha dentes. Tony teve que resolver alguma falha técnica no funcionamento da armadura. – Jessica apontou para os arranhões. – Você se meteu em alguma luta? – Ela se arrependeu da pergunta quase que instantaneamente. Se aquelas fossem marcas de um momento íntimo, ela realmente não queria saber.

Clint fechou o colete.

– Encontramos Nekra e Mandril. Ei, tem algo pra comer?

– Luke está preparando alguma coisa dos enlatados. Acho que está misturando macarrão com queijo e carne de porco agridoce, então talvez você queira um destes. – Jessica estendeu a ele uma barrinha de cereal.

– Valeu. – Ele abriu a embalagem e deu uma mordida, examinando um mapa topográfico na tela do notebook de Jessica. Pequenos pontos indicavam a localização de cada membro da equipe. Os pontos de Steve e Tony se aproximavam do novo acampamento.

– Então, alguma notícia a respeito do posto avançado da S.H.I.E.L.D.?

– Fui chamada de volta antes de conseguir qualquer coisa.

Clint olhou por sobre o ombro.

– Sério? Você não tentou voar até lá?

Jessica piscou, surpresa, e então se recompôs.

– Acho que meus poderes estão voltando, mas ainda não são confiáveis. É por isso que ainda não disse nada a ninguém. Como você sabia?

– Eu não sabia.

Sem dizer mais nada, Clint se afastou dela e foi até onde estava Natasha. Jessica o observou oferecendo a ela um pedaço da barra de cereal. Parecia o tipo de gesto que se vê entre casais de namorados adolescentes ou em filmes. Jessica nunca tinha frequentado um colégio, além de ter acidentalmente matado sua primeira paixão adolescente com um disparo de energia.

Ela foi obrigada a viver com aquela culpa por muitos anos. *Essa é a grande diferença entre mim e uma certa russa*, ela pensou. Jessica apostaria todas as suas economias que, quando a Viúva Negra usava seus poderes para destruir um homem, não havia nada de acidental nisso.

Jessica atravessou o acampamento até onde Natasha estava. Nesse momento, a russa aceitava uma caneca da mistura com cheiro bizarro preparada por Luke.

– Srta. Romanova – ela disse. – Será que podemos conversar em particular?

A outra mulher parou com a colher na mão.

– Por que em particular?

– É sobre a Semana dos Tubarões.

– Está bem – ela concordou, colocando a caneca no chão. – Vá na frente.

Peter parou no meio do ato de retirar a máscara.

– Eu nem me recuperei ainda das galinhas monstro. Por favor, não me diga que há algum tipo de tubarão terrestre pré-histórico prestes a atacar...

– Não, Peter, não há nada com o que se preocupar – Jessica o tranquilizou enquanto se afastava com Natasha do acampamento. Ela ouviu Luke rindo.

– Semana dos Tubarões é um código entre as garotas – ele explicou a Peter.

– Código entre as garotas?

– Pense um pouco sobre isso.

– Eu ainda... ah. Eca. Nossa. Credo, Luke, como é que você sabe disso?

– Gravidez, cara. Eu sei mais a respeito dos ciclos de uma mulher do que sonhei que saberia. Já ouviu falar de tampão mucoso?

Jessica não ouviu a resposta de Peter. Foi caminhando até chegarem a um pequeno bosque. Ali, com certeza teriam privacidade.

– Está certo – disse Natasha. – Presumo que você não me trouxe até aqui para perguntar se eu tenho uma caixa de absorventes enfiada na bota. Antes que o interrogatório comece, gostaria de saber uma coisa. Você é leal à S.H.I.E.L.D. ou aos seus amigos?

– Sou leal a ambos. E você? É leal a alguém além de si mesma?

Para a surpresa de Jessica, Natasha não respondeu imediatamente. Parecia estar pensando na pergunta.

– Sim – ela disse, soando levemente surpresa.
Ah, pensou Jessica, *bela atuação*.
– Vamos lá – ela incitou. – Continue. Não é agora que você confessa que, sim, já seduziu homens em troca de informação desde que tinha treze anos, mas com Clint é diferente? – Jessica levou as mãos ao peito e moveu rapidamente os cílios.
Natasha assentiu, como se entendesse o ponto.
– E não é agora que você esclarece finalmente os *seus* sentimentos por Clint?
Deveria suspeitar que vinha algo desse tipo.
– Clint e eu somos parceiros. Você acha que o desejo é um grande indicador de intimidade? Para mim, a amizade conta mais do que qualquer pico hormonal temporário.
– Por falar em hormônios, em seu perfil há uma anotação sobre você ter algum tipo de feromônio geneticamente alterado, que atrai a maioria dos homens e algumas mulheres. Como acontece com Mandril. Então por que não funcionaram com Clint? Será que ele realmente gosta de mim?
– Certamente ele acha que gosta.
– Também me lembro de ter lido em sua ficha que seu aroma repele mulheres heterossexuais. Isso deve tornar o relacionamento com os colegas de trabalho um pouco difícil... Metade deles quer agarrá-la e a outra metade quer estrangulá-la. Acho que é por isso que você está tão chateada com Clint.
Natasha caminhou, fazendo um círculo completo em volta de Jessica.
– Ele é seu único amigo, não é?
– Suas informações estão desatualizadas – disse Jessica, recusando-se a virar a cabeça para acompanhar Natasha. – Eu tenho um perfume que neutraliza o efeito dos feromônios. Ao contrário de *certas pessoas*, não gosto de usar o sexo para manipular meus amigos.
– Ah, outro segredo vem à tona. Estou adorando nossa conversinha particular.

Maldição. O perfume era novo, outro presente da equipe de pesquisa e desenvolvimento da Hidra. Aquela mulher era perigosamente boa em conseguir informações, e Jessica sentiu um arrepio de alerta, que foi se transformando em uma corrente elétrica que descia por seus braços. Sem seus poderes de Mulher-Aranha, ela não tinha certeza sobre qual das duas sairia vitoriosa de uma luta. Se tivesse seus poderes, seria fácil, bastaria disparar um raio contra a russa para tirá-la de seu caminho – e do jogo. E, nossa, como ela queria fulminar aquela baranga.

Natasha passou subitamente a agir com cautela, como se pudesse sentir a mudança em Jessica.

– Eu sei que você não vai acreditar em mim, mas não estou manipulando Clint.

– Por favor. Tudo o que você sempre fez foi manipular pessoas. Talvez nem seja deliberado, mas você não sabe como ser diferente.

Natasha parou.

– Está certo, então, já que estamos investigando a psique uma da outra, por que não falamos sobre *como* você recuperou seus poderes?

Dessa vez, Jessica antecipou o próximo passo de Natasha.

– Simplesmente voltaram. Eu não queria dar esperanças a ninguém até ter certeza.

– Então você não se importa se eu anunciar para todo mundo a feliz notícia de sua recuperação?

O poder estava se manifestando em Jessica.

– Fique à vontade.

– Também posso sugerir que Tony faça uma análise em você, para averiguar qualquer cirurgia ou aprimoramentos.

Jessica segurou Natasha pelos braços e a derrubou, e então segurou a pequena mulher entre as pernas.

– Qual é o seu joguinho agora? Isso é algum tipo de plano para fazer Clint vir salvá-la?

– Clint me pediu que eu começasse a tratá-la como uma colega de equipe, mas você está tornando isso extremamente difícil. – Natasha a repeliu. Antes que Jessica pudesse reagir, as posições delas se inverteram. Agora ela tinha uma Glock apontada para seu coração.

– Eu não faço ideia se devo ou não confiar em você, Jessica, e não tenho muito tempo para decidir. Por isso, vou me arriscar e lhe dizer que há algumas coisas acontecendo que você não é capaz de entender. Então, antes de tomar qualquer atitude, pense nisso. – Natasha se aproximou dela, quase encostando a boca em seu ouvido. – Olhe para cima. Estamos cercadas.

Jessica não entendeu. Natasha se afastou, permitindo que ela se levantasse. Jessica olhou fixamente para a Viúva Negra por um momento, tentando decidir se aquele seria ou não outro truque. E então captou um lampejo de movimento em sua visão periférica, e finalmente viu o que Natasha já havia notado: figuras sombrias agachadas nas árvores ao redor delas, pelo menos uma dúzia, talvez mais.

Se tivesse tempo para isso, Jessica teria ficado furiosa consigo mesma por ter baixado a guarda. Ela tentou não se preocupar com Clint ou com os outros que estavam no acampamento. Tinha de se concentrar no que acontecia ali naquele momento. *Se eu sobreviver, vou ficar devendo essa a Natasha.*

– E aí? – Ela se voltou para Natasha. – Vamos ficar falando disso o resto do dia ou vamos resolver de uma vez?

– Vamos nessa. – Natasha ajudou Jessica a se levantar.

As duas mulheres se posicionaram uma de costas para a outra, encarando os atacantes disformes entre as sombras.

Por Deus, eles eram enormes. Densamente musculosos e armados com garras e dentes afiados. Pela aparência daqueles metamorfos gigantescos, era possível perceber que três deles tinham sido gorilas em uma vida anterior. Os outros dois pareciam ter sido algum tipo de felino: leões, talvez, ou tigres.

– Ah, que ótimo. Gatinhos... – Natasha disse, sem desviar os olhos dos metamorfos.

– Não gosta de gatos?

– Sou alérgica, e eles sempre vêm pra cima de mim.

Os gatos-mutantes saltaram simultaneamente, todos os três na direção de Natasha.

– O que foi que eu disse? – Natasha empurrou o queixo do menor, desferindo um golpe lateral com força, e então saltou para o lado, fazendo com que os três colidissem uns contra os outros. Eles se recuperaram quase que instantaneamente, mas Natasha já desferia um chute giratório, derrubando os oponentes como se fossem pinos de boliche.

Jessica não viu o que acontecia ao seu lado, pois estava ocupada demais com os dois metamorfos macacos. Eles ergueram os punhos, tentando desferir ganchos decisivos em seu queixo, e então gritaram de dor quando Jessica desviou, e eles acertaram os golpes um no outro. Jessica desferiu um poderoso soco duplo nas virilhas desprotegidas dos inimigos, e os dois grunhiram em uníssono.

– Vocês não parecem do tipo que gosta de conversar, não é?

Pelo canto do olho, Jessica viu um gato-mutante derrubando Natasha de costas. Ela agarrou os pelos do oponente e deu um puxão vigoroso. O gato-mutante berrou de dor e cambaleou para trás, caindo em cima dos outros dois atordoados metamorfos. Elas trocaram um rápido olhar e fugiram por entre as árvores.

– Vou me arrepender de ter feito isso, pois vai me dar uma coceira danada – disse Natasha, assoprando os pelos que ficaram grudados na palma de sua mão.

– Vamos voltar para o acampamento. – Jessica corria na frente, e então parou, assustada.

Clint, Luke e Peter jaziam caídos no chão.

– Clint! – Ela se agachou ao lado dele, tentando verificar o pulso. O arco ainda estava na mão dele. Seja lá o que o tinha derrubado, deve tê-lo atingido com rapidez. Não havia nenhum sinal nele.

– Está morto?

– Não, ele tem pulso. Está fraco, mas ainda tem. E está respirando.

Enquanto Jessica verificava como estava Peter, Natasha pressionava dois dedos na artéria radial do pulso de Luke, e em seguida na artéria carótida do pescoço.

– Inconsciente, mas respirando – disse Natasha.

— O mesmo com Peter. — Jessica ergueu uma das pálpebras dele, e então deu um tapinha em seu rosto. — Bem, as pupilas estão reagindo, mas ele não.

— O que pode tê-los atingido desse jeito?

Jessica pegou seu telefone via satélite.

— Tony, Steve, podem me ouvir? — Ela sentiu uma mão em seu ombro e virou-se.— O que foi?

— Ali. — Natasha apontou e Jessica os viu: Steve e Tony, deitados no chão, seus uniformes brilhantes parcialmente escondidos pela grama alta.

Jessica pressionou o ouvido contra o peito de Steve.

— Na mesma condição que os outros. Como Tony está?

— Não dá para dizer com essa armadura. — Natasha se agachou. — Que metamorfo é poderoso o suficiente para derrotar todos eles?

— Deus, eu não sei. O que devemos fazer? Injetar adrenalina neles? Eu tenho alguns componentes básicos de treinamento em primeiros socorros, só isso.

Ela começou a se erguer, mas Natasha a segurou pelo braço.

— Espere!

Três outros metamorfos emergiram das árvores. Um deles era um homenzinho magro com olhos de fuinha e uma enorme cabeça careca; o segundo era um gigante de quatro braços; e o terceiro, uma loira de pele azul com padrões geométricos vermelhos desenhados ao longo dos braços e das pernas. Ela ergueu os braços, e Jessica congelou. Jessica olhou para Natasha: a russa também estava fazendo esforço para se livrar de uma força paralisante invisível. A loira de pele azul devia ter algum tipo de habilidade telecinética poderosa. Em seguida, ouviu-se o som de asas imensas, e um pteranodonte pousou na clareira. Era uma visão assustadora. Ele tinha dois ou três metros de altura, pele rígida e alaranjada, crânio cheio de cristas e bico extremamente afiado. Mas o mais assustador de tudo eram os olhos da criatura — enormes, dourados e repletos de uma sinistra inteligência. Olhando para aqueles olhos cruéis e matreiros, Jessica pensou: *Isso não é um mero réptil, é algo mais.*

– O que é você? – Jessica não soube se pronunciou as palavras ou apenas pensou nelas.

– Sauron – disse a criatura. – Agora, durma. – O tom e timbre de sua voz exigiam obediência.

Jessica sentiu que estava caindo, mas o chão não parecia estar onde deveria. Ela tombou como se despencasse durante um longo tempo, e então não sentiu mais nada.

15

JESSICA ACORDOU com o tipo de dor de cabeça normalmente precedido por uma garrafa de tequila, horas passadas diante de uma caixa de som e generosa ingestão de fumaça passiva. Mas a dor pulsante na nuca não era o seu único problema. Seus pulsos e ombros doíam com uma queimação firme e insistente, que vinha dos músculos sobrecarregados. Ela percebeu que estava pendurada pelos braços, embora houvesse algo em volta de sua cintura que aliviava um pouco o peso dos pulsos. Jessica piscou, tentando ter alguma noção do que havia ao seu redor, e repentinamente se deu conta de duas coisas: uma, ela estava pendurada ao lado de seus companheiros, em um círculo. E a segunda...

– Pois é... – disse Peter. – Estamos pelados.

– Ah, meu Deus! – Jessica não sabia para onde olhar.

Ela não conseguia ver o que os mantinha no ar, o que significava que havia ali algum tipo de campo de força em volta dos pulsos e da cintura deles. Infelizmente, o campo de força era completamente invisível, portanto, agora ninguém mais conseguiria manter segredos.

Ali estava Steve, ainda inconsciente, sem o uniforme vermelho e azul do Capitão América, deixando à mostra a pele branca e o corpo perfeito como uma escultura de Michelangelo. Ao lado dele, Natasha, e ao lado dela... Jessica captou o olhar pesaroso de Clint, e sentiu o rosto corar. Ela evitou o olhar dele, pousando os olhos na forma lânguida de ginasta de Peter. Observou discretamente os braços vigorosos e o peito peludo de Tony, e desviou rapidamente os olhos, apenas para se confrontar com o gigantesco peitoral de Luke Cage e seus músculos grossos como o tronco de uma árvore.

– Não podiam ao menos ter nos deixado com as roupas íntimas?

– No meu caso, isso não teria valido de nada – disse Peter.

Jessica o encarou, surpresa.

– Você não usa cueca?

– O uniforme tem forro em determinadas áreas. E não precisa fazer cara de nojo. Pelo menos não estou nu durante minha semana do tubarão.

Jessica o fitou por um momento, e então disse:

– Na verdade não é... Ah, esqueça.

– Você está estragando tudo, cara – advertiu Luke. – Você tem que ficar de boa com essas coisas femininas.

Jessica revirou os olhos.

– Nunca viram uma mulher nua antes?

– Falando por mim – respondeu Tony. – Posso lidar facilmente com a boa e velha nudez, mas acrescente a ela o *frisson* do perigo...

Clint disse a Natasha algo que Jessica não conseguiu ouvir. Natasha pareceu exasperada e assoprou uma mecha de cabelo da boca.

– *Kretinyi.*

Pela primeira vez, Jessica concordou plenamente com ela.

– E então – disse Clint, mudando rapidamente de assunto. – Alguém sabe onde estamos?

– Sim – disse Tony. – Na cidadela.

Olhando ao redor, Jessica pôde ver que a sala era feita quase que completamente de um tipo de metal prateado e liso. Alguns canos e conexões estavam quebrados, com as extremidades despedaçadas e queimadas, enquanto um tecido metalizado todo amassado se estendia sobre um buraco onde devia haver uma janela.

Uma luz âmbar quente se infiltrava de fora, dando a Jessica uma pista de quanto tempo havia se passado: horas. A vista das Montanhas da Eternidade, que ficavam além da cidadela, era espetacular, e Jessica tentou não pensar muito sobre se os captores os manteriam vivos o suficiente para verem o pôr do sol.

Steve fez um som esganiçado e lançou a cabeça para trás. Estava sufocando.

– Que diabos...

– Sem roupas. Cidadela. Peter não usa cueca por baixo do uniforme de Homem-Aranha. Você não perdeu muito... – disse Jessica.

Ela esperava que o veterano da Segunda Guerra Mundial ficasse envergonhado por sua nudez, mas Steve a surpreendeu olhando-a direto nos olhos.

– Típica estratégia para enfraquecimento dos prisioneiros. Resista.

– Sim, senhor – ela disse com sinceridade.

– Algum soldado de Lykos fez alguma pergunta até o momento?

– Ainda não – disse Luke. – Ei! Esquadrão Bizarro! Hora de aparecer e explicar o plano de vocês!

– Ah! Finalmente estão todos acordados. Que bom. – A voz era sonora, anasalada e perturbadoramente parecida com a de alguém que fora encolhido. Mas o homem que emergiu das sombras era baixo, um metro e meio, mais ou menos, e extremamente magro. – Estava começando a pensar que havíamos machucado o bom Capitão, e que não poderíamos usá-lo em nossos experimentos. – Como os alienígenas nos episódios antigos de *Star Trek*, a cabeça calva do homem era enorme e ligeiramente oval; o diadema prateado, o cavanhaque aparado, o colete de couro de carneiro, as calças apertadas e as botas de cano alto com cadarços coloridos sugeriam que ele deliberadamente cultivava um visual de ficção científica retrô.

– Imago – disse Tony. – Eu gostaria de saber como você retirou minha armadura sem se explodir. – A armadura de Homem de Ferro estava estirada em uma mesa comprida, ao lado de uma chave de fenda, uma chave inglesa, uma chave de rolagem e uma serra de fita portátil.

– Devo admitir que foi um tanto decepcionante quando captei o segredo em sua mente – disse Imago, coçando o cavanhaque. – Foi um trabalho de complexidade média. Mesmo assim, levando em consideração a sua capacidade cerebral limitada, suponho que eu não poderia esperar muito.

Houve um rompante de risadas atrás de Imago, e então surgiu uma enorme figura parecida com um sapo, com os dedos palmados alisando o peitoral da armadura de metal.

– Forasteiros – ele coachou. – Vocês não fazem ideia de como estão ridículossss. Ridículosss e vulneráveis. – A coisa fixou os olhos bulbosos em Luke; a língua longa e preênsil saltou, tocando em sua bochecha.

– Faça isso de novo – ameaçou Luke – e arranco essa língua asquerosa a dentadas.

– Isso daria um ótimo conto de fadas – disse Peter.

– Deixe-os em paz, Anfíbius. – Imago começou a calçar um par de luvas de látex. – Discutimos a dificuldade de se manter a higiene sob tais circunstâncias.

– Tenho alergia a látex – disse Tony, olhando cautelosamente para o homem de cabeça bulbosa enquanto ele dispunha à sua frente diversos suprimentos médicos: seringas, cateteres, um pacote de lenços antissépticos.

– Só para sua informação – disse Luke –, eu vomito sempre que alguém chega perto de mim com uma agulha. Vomito até mesmo quando alguém chega perto da minha mulher com uma agulha. Na verdade, só de ver essa agulha, pode ser que eu vomite.

– Ah, não se preocupem, Sr. Cage, Sr. Stark. – Imago se aproximou de Jessica e Peter. – Não tenho nenhum interesse em vocês dois. Vocês não têm nada de especial.

Tony ergueu as sobrancelhas, claramente afrontado.

– Como é?

Luke balançou a cabeça.

– Sério mesmo que você quer vencer *essa* discussão, Tony?

– Eu falo do ponto de vista médico, é claro. Tenho planos para todos vocês, mas quero começar naqueles com alterações profundas no DNA.

Imago se aproximou de Jessica e de Peter, e Jessica sentiu um medo estranho percorrendo suas veias. Vislumbrou novamente o pai, tão familiar no jaleco branco, vindo em sua direção com uma seringa. *Precisamos fazer isso, Jessica, para você se sentir melhor.* Ela fechou os olhos, tentando não ceder ao pânico.

— E agora, por onde começar? — Jessica abriu novamente os olhos e viu Imago passando a mão sobre o peito ferido de Peter. — Um, picado por uma aranha radioativa na adolescência; a outra, infectada ainda no útero. Tão parecidos, e ainda assim tão diferentes. — Ele parou na frente de Jessica, ficando bem perto.

— Mantenha essas mãos imundas longe dela — advertiu Steve. — Se quer fazer experimentos com alguém, comece comigo.

— Paciência, Capitão. Sua vez vai chegar. Mas, por enquanto... Acho que vou começar com a garota.

Imago foi até o painel de controle e ligou uma série de interruptores. Subitamente, Jessica foi sendo inclinada para trás. Pega de surpresa, ela deu um grito. Logo estava deitada no ar, sentindo certo alívio na cintura. Imago ligou outro interruptor, e os braços de Jessica desceram, alinhando-se ao longo do corpo.

Ah, meu Deus. Isso não é nada bom. Um medo congelante percorreu seu corpo, causando-lhe arrepios.

— O que você vai fazer comigo? — ela perguntou, repudiando a oscilação de timbre em sua voz.

Clint soltou um gemido estranho, quase imperceptível, e Jessica notou que ele tentava se desvencilhar das algemas magnéticas.

— Escute aqui, boneco cabeçudo... Se tentar qualquer coisa com ela, vou esmagar seu crânio superdesenvolvido como se fosse um tomate podre.

— Não precisa ficar com ciúme — escarneceu Imago, fazendo um torniquete no braço esquerdo de Jessica. — Meu interesse pela adorável dama é puramente científico. Entendeu? — Ele estendeu um lençol de plástico azul sobre o corpo dela. — No momento, vou apenas tirar uma amostra de sangue. — Jessica sentiu o familiar cheiro de antisséptico, gluconato de clorexidina, que Imago começou a esfregar em seu antebraço com um chumaço de algodão encharcado.

— Ai, Jesus — apavorou-se Luke. Havia uma fina camada de suor em sua testa, e Jessica se deu conta de que ele não estava mentindo a respeito de sua aversão por agulhas.

– Ei. Você. Cara de chihuahua. Quer um corpo para cutucar? – Clint estreitou os olhos. – Pegue o meu.

Jessica olhou para seu parceiro, tocada pela tentativa dele de desviar a atenção do vilão, mas ao mesmo tempo ciente de que era inútil.

– E por que eu deveria? De acordo com Lykos, você não é nada além de um resmungão que gosta de armas primitivas com um toque tecnológico. – Imago estava abrindo um pacote com o tubo de extensão.

– Eu sei que isso pode parecer surpreendente, Zé Bolacha, mas os experimentos médicos ultrassecretos não entram nos registros oficiais. O Diretor Fury é o único que sabe a respeito de minhas cirurgias.

Jessica olhou fixamente para Clint, tentando processar aquilo.

– Que absurdo isso. – Imago ligou a seringa ao tubo de extensão, e então apontou a agulha para o alto enquanto pressionava a ampola.

– Está tentando me dizer que a S.H.I.E.L.D. realiza cirurgias tão secretamente que não há nem mesmo registros?

– As cirurgias não são feitas por eles – disse Clint, com os olhos em Jessica. – Eu estava agindo como agente duplo para me aproveitar do novo programa médico. Você quer ver DNA alterado? Venha verificar o meu.

Jessica sentiu as lágrimas brotarem e ficou com a visão embaçada. Ela não sabia por quanto tempo Clint poderia continuar blefando com um telepata; naquele momento, Imago estava distraído. Mas mesmo que o plano de Clint falhasse, não importava. Tudo o que ela conseguia pensar era: *Ele conhece meu segredo, e não se importa.* Ela não fazia ideia de como ou quando ele havia descoberto que ela estava trabalhando com Fury, mas ele sabia e compreendia. "Obrigada", ela movimentou a boca inaudivelmente, sabendo que ele veria, do mesmo modo como sempre parece ver tudo.

– Ora, ora. Talvez eu o analise... Em seguida. – Imago deu um tapinha no braço de Jessica, logo abaixo do cotovelo. – Por enquanto, vou continuar concentrado na garota-aranha.

– Mulher-Aranha – corrigiu Jessica.

— Ah, perdoe-me. Da última vez que vi as notícias do mundo da superfície, tudo se resumia ao *girl power*, ao empoderamento das garotas.

Imago enfiou com força a agulha no braço de Jessica. Ele teve de tentar mais três vezes até encontrar uma veia. Jessica ouviu Luke ficando quase sem ar, e em seguida ele perdeu os sentidos.

— Jesus — espantou-se Tony. — Acho que ele desmaiou.

— Não é minha culpa — resmungou Imago. — Não sou enfermeira. Sou cientista e pesquisador.

— Como está o braço, Jess? — O som da voz de Clint ajudou Jessica a se recompor.

— Dolorido. Mas já passei por coisas piores.

Jessica se sentiu voltando à infância... o pai se aproximando com outra agulha hipodérmica, dessa vez bem maior. *Querida, eu sei que você acabou de tomar uma injeção, mas aquela não funcionou. Precisamos tentar de novo.* Jessica ainda se lembra da dor que sentiu enquanto a agulha penetrava a região lombar, atingindo o osso da coluna, e a espera interminável até que o fluído grosso e viscoso fosse injetado.

Do outro lado do recinto, Clint se mantinha de olho nela, como se fosse possível salvá-la apenas com a força da vontade.

Imago introduzia agora algo em suas veias. Enquanto a salina gelada se espalhava por sua perna, Jessica sentiu a bile subindo pela garganta. *Talvez eu devesse vomitar nele*, ela pensou. *Isso me daria algum tempo.*

— Eu ouvi — disse Imago, afastando-se. — Sou telepata, lembra-se?

— Bem, então ouça isso — disse Peter, com os olhos fixos nele.

O vilão sorriu com aquela boca cercada pelo cavanhaque.

— Extremamente gráfico, mas um pouco difícil para eu imaginar, considerando sua atual situação.

— Você não está no controle aqui — rosnou Steve, assustando Jessica. — Eu quero falar com Karl Lykos. Agora! — Seu grito de comando fez Jessica se sentir uma soldada, e não uma prisioneira assustada.

— Então fale. — Karl Lykos emergiu em sua forma humana, magro e belo, com o peito nu, usando um par de calças brancas amassadas e um cinto de metal estilo medieval. Os olhos azuis no rosto moreno mantinham-se fixos nos prisioneiros com um distanciamento cínico. – Estou ouvindo.

– Uma palavra – Steve disse. – Renda-se. – Falou isso com uma autoridade tão ferina que, por um momento, Jessica acreditou que ele poderia ter algum truque na manga.

Houve risadas no fundo da sala, e agora Jessica podia ver os outros metamorfos reunidos ali. Bárbarus, um homem gigantesco, com os quatro braços cruzados em frente ao enorme peito; Cegante, uma sílfide vestida inteiramente de branco, com o rosto obscurecido por um capuz; Lupo, um lobisomem de pelos azuis, agachado no chão; e Vertigo, com o corpo azul-claro nu cheio de formas geométricas vermelhas e azuis, que lhe davam uma aparência de cobra.

– Talvez eu deva fazer as perguntas – disse Lykos. – O que traz vocês, os fantasiados, até a Terra Selvagem? Pense cuidadosamente antes de responder, já que meu colega aqui possui métodos de descobrir a verdade.

O que há nessa seringa?, Jessica se perguntou. *Por favor, não deixe que eles me droguem.*

– Digo que devemos matá-los agora – disse Lupo, rosnando com o focinho enrugado.

– Mas as autópsias são muito inconclusivas – disse Imago. – Prefiro manter meus experimentos vivos... e conscientes.

– Chega – disse Lykos, com um olhar de reprovação para a figura esticada de Jessica. – Não haverá experimento. Isso é o que *eles* fazem.

– Exatamente – disse Imago. – Se queremos derrotar nossos inimigos, não podemos nos dar ao luxo de permanecer encarapitados sobre nossos altos valores morais. Precisamos descobrir se você pode se alimentar desses indivíduos, assim, poupamos nossos metamorfos para a batalha verdadeira.

– Eu disse que não.

– Mas você não nos disse o que fazer, Lykos. Disse? – Imago estava parado diante de Jessica, como se a protegesse. – Não se esqueça de quem o trouxe aqui e por qual razão. Não precisamos de seu pós-doutorado em genética agora, e sim de seu poder como Sauron. E, por isso, você deve se alimentar. – Ele apontou para Jessica. – Ela não é uma mutante, mas seu DNA foi alterado no útero. Com alguma preparação, acredito que você possa se alimentar desse indivíduo.

Lykos drena energias mutantes para conseguir se transformar em um pteranodonte, Jessica pensou, compreendendo repentinamente o que Imago estava dizendo. Mas, ao contrário de Steve e Luke, cujos poderes eram resultado de experimentos científicos, ela e Peter tinham DNAs alterados. Se Lykos fosse capaz de se alimentar deles, poderia se transformar em Sauron sem sacrificar nenhum dos metamorfos.

Mas contra quem estão lutando? Havia algo muito mais complicado acontecendo ali do que uma simples fuga em massa da prisão.

– Foi nisso que você se tornou, Karl? – Steve estava nu, pendurado na frente do outro homem, mas era Lykos quem parecia envergonhado. – Você é um médico. Fez juramentos. Mais do que isso, você deve ter transgredido leis, mas nunca deixou de seguir seu próprio código moral. Por que está fazendo isso?

Algo faiscou nos gélidos olhos azuis de Lykos.

– Não fui *eu* quem o caçou, Capitão América. *Você* veio me caçar. E me parece um pouco estranho você vir aqui com a intenção de me prender novamente e me dar sermões sobre códigos morais.

– Você fugiu da prisão, causou a morte de agentes da S.H.I.E.L.D. e libertou 42 criminosos perigosos que agora estão soltos entre a população. O que espera que façamos, que o deixemos se aposentar na Terra Selvagem?

– Não estou aqui para me aposentar – disse Lykos. – E sim para lutar. E qualquer um que trabalhe para a S.H.I.E.L.D. é meu inimigo.

– Então você tem que me soltar – disse Natasha. – Não estou com essas pessoas. Você se lembra, na noite da fuga? Eu estava ali para ser interrogada, sob a mira de uma arma.

Lykos massageou as têmporas.

– Estava mesmo? Então por que veio até aqui?

Natasha ergueu o queixo.

– É uma longa história. Se você me soltar...

— Não tenho tempo para longas histórias. E, francamente, nem você.

— Então está bem — disse Natasha. — Quer a versão resumida? Sou a Viúva Negra, uma das principais agentes de uma escola de espionagem de elite russa. E mesmo sendo boa como sou, não me dei conta de que estavam mentindo para mim, que estava sendo manipulada... Usada. Comecei a investigar, e o rastro me levou até a S.H.I.E.L.D., e consequentemente até este lugar.

— Entendo — disse Lykos. — Então essas pessoas não significam nada pra você, exceto como meios para um fim? — Ele apontou para Clint, Jessica e os outros.

— São fontes de informação, nada mais.

— Interessante — Lykos se aproximou de Natasha. — Mesmo assim, Nekra e Mandril me disseram que você parecia bem... íntima do arqueiro.

A expressão da russa permaneceu impávida.

— Ele tinha ordens de me matar. Eu tinha de trazê-lo para o meu lado ou matá-lo. Optei pela primeira opção.

Pelo canto do olho, Jessica observou o rosto de Clint. Quem não o conhecesse bem, poderia pensar que ele não havia reagido àquela traição de Natasha. Mas Jessica o conhecia muito bem.

Lykos se aproximou ainda mais de Natasha, e Jessica notou que ele não parecia afetado pela nudez dela.

— Então você está tentando me dizer que não deve lealdade a ninguém além de si própria?

— Exatamente. Liberte-me e eu lutarei por você. — Havia a mais plena convicção na voz de Natasha. Pela primeira vez, Jessica se convenceu de que a mulher estava dizendo a verdade.

Lykos suspirou.

— Gostaria de aceitar sua oferta. Infelizmente, não posso correr o risco de colocar a segurança de nossa missão nas mãos de uma desconhecida que não tem o menor interesse por nosso povo ou por nossa causa.

Lykos esfregou as têmporas novamente.

Ele parece cansado, pensou Jessica.

– Lykos!

Um metamorfo muito parecido com um gorila adentrara o recinto. Muito machucado, ele se apoiou contra a porta.

– Um grupo dos nossos foi forçado a entrar numa parte antiga das minas. Eles querem que vejamos os perigos que existem ali, mas um dos metamorfos-toupeira garante que toda aquela parte está prestes a desabar. Você tem que vir ajudar.

– Claro – Lykos segurou o gorila pelos ombros. – Me diga exatamente onde estão.

– Lykos, você não pode! – Imago correu atrás do homem mais alto como um cãozinho agitado. – Eu não tive tempo de preparar mais soro! O que poderá fazer quando chegar lá? Está fraco demais para se transformar!

– Então me dê outra injeção para que eu aguente, Imago.

– Temos que preparar mais – Imago explicou enquanto preparava uma seringa cheia de um fluído verde luminoso.

– Espere um pouco – disse Steve. – Está dizendo que há algum tipo de campo de trabalhos forçados nas minas de vibranium?

– Ah, que inocência. Como se não houvesse sangue em suas mãos.

– Você que está dizendo... A S.H.I.E.L.D. jamais autorizaria um tipo de programa como esse!

Lykos sorriu um sorriso amarelo enquanto Imago injetava a agulha em seu braço.

– Um governo que autoriza o programa Arma X é capaz de qualquer coisa.

Steve franziu a testa.

– O que o programa Arma X tem a ver com isso?

Um músculo no maxilar de Lykos saltou.

– Qual é o seu nível de acesso de segurança, Capitão? Sete? Oito? Maior que isso? Você sabe muito bem o que a S.H.I.E.L.D. faz a portas fechadas.

– Você está certo, Lykos. Eu *deveria* saber. O que significa que, se o que você está me contando é verdade, então é errado e ilegal, e eu aposto minha vida de que é uma operação clandestina.

– Você pode estar disposto a apostar sua vida – disse Lykos –, mas eu não estou disposto a apostar a vida de mais ninguém que vive nas Terras Selvagens.

– Mas é exatamente isso o que você está fazendo! – Jessica nunca tinha ouvido Steve soar tão irritado. – O que você acha que a S.H.I.E.L.D. fará se você mandar um exército de metamorfos atacar o posto avançado?

– Ah, eu não sei, Capitão América – disse Imago, jogando fora a agulha da seringa. – Talvez eles estejam ocupados demais atacando os novos Vingadores Metamorfos para se preocupar conosco.

– Ah, diabos, você vai tentar me transformar numa aranha gigante, não vai?

– Fique quieto – Lykos advertiu Peter. – Imago, eu *não* concordei com isso.

Lykos fechou os olhos, e uma veia pulsou em sua testa.

Seja lá o que havia naquela injeção, Jessica pensou, *estava surtindo efeito.*

– Seus conhecimentos genéticos seriam úteis, mas não necessários – disse Imago. – Temos a tecnologia para metamorfoseá-los, e a mão de obra para tal. Embora eu deva dizer que estou um pouco decepcionado, levando em consideração todo o trabalho que tivemos para tirá-lo daquela prisão e trazê-lo até aqui.

– Não vamos descer ao nível deles – disse Lykos. Ele abriu os olhos, revelando as cores modificadas de suas íris e a forma alterada das pupilas.

Ele está se transformando, pensou Jessica, e sentiu o coração acelerando.

– Além disso – Lykos continuou –, se qualquer palavra dita aqui vazar, não haverá vibranium suficiente no mundo para garantir nossa segurança. – Apoiando-se com força no balcão, dirigiu-se aos metamorfos reunidos atrás dele. – Homem de Ferro e Capitão América são peças de valor. É melhor que lavem as mãos antes de tocá-los. – Ele fez uma pausa, o rosto se contorcendo de dor.

– Olhe para a pele dele – disse Luke.

– Bárbarus. – A voz de Lykos agora era baixa e rouca.

O metamorfo de quatro braços deu um passo à frente.

– Sim, doutor?

– Confio em você para que faça uma execução limpa e se livre dos despojos.

Estava tudo acabado. Jessica olhou para seus amigos, tentando pensar numa maneira de revidar. *Se isso fosse um filme, eles nos soltariam e nos levariam para fora primeiro, e teríamos uma chance.* Mas aquilo não era um filme.

Bárbarus deu um passo à frente, segurando espadas afiadas em duas de suas quatro mãos.

– Posso fazer um trabalho limpo – ele disse. – Só preciso de um balde para o sangue.

– O que você acha, Steve? – disse Tony. – Já ouviu o suficiente?

– Mais do que o suficiente.

– Está certo, então... Avante!

Peter parecia tão confuso quanto Jessica.

– Hum... Tony? Estamos todos aqui.

– Você, não – disse Tony, sem nenhum traço do habitual tom animado.

Imago gritou, parecendo surpreso. Na mesa atrás dele, o capacete do Homem de Ferro ligou-se e um raio de luz brilhante foi emitido de seus olhos.

16

— COMANDO DE VOZ AUTENTICADO — o capacete do Homem de Ferro disse com sua voz robótica. O peitoral vermelho da armadura rodou na mesa perto dele, e então se colocou em posição sob o capacete. — Boa noite, Senhor Stark.
— Ainda não está boa — disse Tony. — Mas vamos melhorar. Iniciando modo de batalha.
— Modo de batalha iniciado.
— Cacetada, aí, sim! — gritou Luke.
Peter berrou sua aprovação enquanto Lykos gritava ordens para os outros metamorfos. As peças dos ombros da armadura do Homem de Ferro começaram a se juntar, pedaços de metal vermelho e dourado giravam e estalavam ao se encaixarem como que por mágica. Foi questão de segundos até que o uniforme se reconfigurasse, e então a parte de cima começou a flutuar no ar, mantendo os metamorfos à direita com um raio repulsor enquanto apontava um laser altamente poderoso para os metamorfos à esquerda.
— É disso que tô falando! — exclamou Luke.
— Alguma chance de sairmos dessas amarras? — Clint não gostava de confiar tantas ameaças em potencial a apenas uma defesa.
— Fique frio. Estou cuidando disso — disse Tony. — Orientação de combate, alvos múltiplos. Ataque a sequência 8, 17, 12, 12, 59 para desarmar o painel de controle, destravar acesso, código *Pirate Jenny*.
Houve um clarão de luz e calor. Imago se afastou quando o painel de controle explodiu. Clint caiu no chão, liberto das algemas

magnéticas, e seus companheiros caíram atrás dele. Natasha pousou quase em cima dele, e Clint a empurrou para o lado para atacar a besta de pelos azuis, Lupo. Rolando para evitar um poderoso golpe das garras afiadas do lobisomem, Clint se ergueu e desferiu um chute giratório, atingindo Lupo nos rins.

Virando-se, Clint viu Jessica disparando raios elétricos venenosos em Anfíbius. Natasha aplicava um forte golpe com o punho direito no queixo de Cegante, arrancando o capuz da mulher de branco. Sem perder o ritmo, Natasha se curvou, agarrou Vertigo com uma das mãos e girou a loira de pele azul em sua direção. Steve e Luke estavam enfrentando dois metamorfos que pareciam homens de Neandertal com escamas, enquanto Tony atingia o estômago de Lykos com um soco. O único membro da equipe que não estava se saindo muito bem era Peter, que recebia uma série de socos dos quatro punhos de Bárbarus.

– O que você está esperando, Lykos? – Agachando-se embaixo da mesa, a voz de Imago se ergueu num guincho beirando o cômico. – Se transforme!

– O soro... não foi suficiente – disse Lykos com a mão no estômago e franzindo o rosto, pois sentia os músculos se retorcendo e dando nós, formando estranhos calombos e ângulos. Ele correu na direção da janela aberta. – Sinto muito, Bárbarus, mas não posso me dar ao luxo de ser capturado.

Bárbarus parecia assustado, e parou com o punho prestes a socar Peter mais uma vez.

– Mas, Karl, achei que os experimentos do Arma X haviam...

Um chute tesoura de Peter o atingiu no queixo, interrompendo sua fala. Bárbarus despencou no chão.

– Vertigo, sua loira aguada – rosnou Lupo, ainda agachado em posição fetal. – Pare de tentar lutar com a ruiva. Concentre-se! Use seus poderes!

De relance, Clint viu os olhos da loira de pele azul começando a girar como se fossem um tipo de luz psicodélica. Quase que instantaneamente, ele sentiu a cabeça ficar mais leve, e o recinto começou a rodar.

— Tony — disse Steve —, você precisa acabar com isso.
— Está certo — disse Tony. — Pessoal, desviem o olhar. Código Jekyll Cobra Seis.

A armadura do Homem de Ferro abriu um buraco na única parede do laboratório que ainda restava, e em seguida disparou de novo, fazendo com que Anfíbius, Bárbarus e os outros metamorfos fugissem para a selva que os cercava.

E, simples assim, os Vingadores estavam livres. Clint passou a mão pelos cabelos, afastando partículas de poeira, terra e resíduos da explosão. Ele escutou um guincho vindo do ar e olhou para o céu. Dois pteranodontes os sobrevoavam. As cabeças ossudas com cristas afiadas das criaturas e as enormes asas parecidas com as de um morcego formavam uma imagem surreal contra o sol que se punha. Clint não achou que um daqueles répteis famintos fosse Lykos, embora não pudesse ter certeza.

— Aeeee! — gritou Luke. — Isso foi muito bom. Você se lembra daquele filme com o cara de *O Senhor dos Anéis*? Ele vai a uma sauna russa e luta contra dois caras armados, totalmente pelado...

— *Senhores do crime* — disse Natasha, sorrindo.

— Bom, aquele cara não chega aos nossos pés.

Steve fez uma careta para Tony.

— Stark, seu maluco filho da mãe, você conseguiu!

— Pois é, mas acho que não temos muito tempo para comemorar — disse Tony. — Armadura, reconfigurar.

A parte inferior da armadura do Homem de Ferro veio até Tony. A parte de cima, que pairava no ar, desmontou-se e remontou-se sobre o torso de Tony.

Clint olhou para Jessica. Ela já estava vestida, fechando o zíper da bota esquerda.

— Estão todos bem?

— Sim. Obrigado por ter tentado me dar cobertura... Desculpe se não pude lhe contar antes. — Ela olhou para baixo, e seus cabelos negros caíram para a frente, escondendo seu rosto. — Mas parece que você já tinha pensado em tudo.

– Há quanto tempo você trabalha para o Fury?
– Desde que ele saiu. Não posso mais falar sobre isso.
– Nem mesmo para mim? – alguém perguntou.

Clint se virou. Ele estava tão concentrado na conversa com Jessica, que não notou quando o Capitão América se aproximou deles. Steve havia encontrado o uniforme, mas não a máscara, e o sol poente tingia seus belos cabelos naquele momento.

Jessica respirou fundo.

– Nem mesmo para você. Sinto muito, Cap.
– Não mais do que eu. Você não pode fazer parte desta equipe e guardar esse tipo de segredo. – Capitão América soava mais desapontado do que zangado, mas Clint notou que Jessica teria preferido que ele estivesse com raiva.

– Capitão... – ela disse. Todos os outros se aproximaram para ouvir a conversa. – O que Clint disse a Imago é verdade... Só que não foi Clint quem fez uma cirurgia experimental com a Hidra. Fui eu. Eu tenho trabalhado sob disfarce para o Diretor Fury.

Tony semicerrou os olhos.

– Então seus poderes voltaram *mesmo*? É o que Natasha estava tentando nos dizer. É claro que não acreditamos, porque você afirmou que *ela* era uma agente dupla. Parece que vocês duas têm mais em comum do que imaginavam.

Steve se voltou para Clint.

– Presumo que você sabia de tudo isso.
– Ele não sabia! Ele supôs. Ou Natasha supôs e ele começou a acreditar nela.

Luke cruzou os braços.

– Então você está trabalhando para Fury, e não para a Hidra. Acho que você não tem provas disso...

Jessica balançou a cabeça.

– Não até Fury entrar em contato.
– Então, até lá, você estará em liberdade vigiada – Steve disse. – Eu a mandaria de volta para casa, mas essa não é uma opção, considerando onde estamos e o que está acontecendo.

— Compreendo, senhor. Em seu lugar, eu provavelmente faria o mesmo.

— Eu diria que devemos mandá-la para casa a pé — disse Luke.

— Moça, você precisa decidir de qual lado está.

Jessica colocou as mãos na cintura.

— Eu não deveria ter que escolher entre os Vingadores e Nick Fury. Todos nós trabalhamos para Fury.

— Com... — Tony a corrigiu. — Trabalhamos *com* Fury. — Tony tocou o queixo com o dedo. — E essa é uma relação que funciona melhor com um pouco de desconfiança mútua. Armadura? Reiniciar, destravar e abrir arquivos com as combinações de palavras Lykos, Karl. Quero ver o que a S.H.I.E.L.D. anda escondendo por lá. Aproveite enquanto estiver lá e procure Nekra e Mandril.

— Mas eu já usei todos os algoritmos padrões — argumentou o capacete, com um traço de reclamação em sua voz robótica.

— Então faça algo meio louco.

— Defina "louco" — pediu o capacete.

— Ah, não sei, faça uma permutação randômica das variáveis usando um fator genético adaptativo. Tente codificar em segredo para evitar uma convergência prematura. Implemente os algoritmos de Strasse para uma multiplicação da matriz enquanto usa um procedimento de cruzamento de tempo linear com busca de máximo alcance.

O capacete começou a falar em voz baixa para si mesmo.

— Sim, sim, isso pode funcionar... Não, isso não é lógico... Espere aí, entendi, se os quadrantes fizerem intersecção...

Então ele se calou e começou a ruminar sem ritmo enquanto calculava.

— Agora, precisamos decidir uma cadeia de comando — disse Steve.

— Alguém tem algum problema em seguir minhas ordens? — Ele olhou para Tony.

— Depende das ordens.

— Bem, para começar, temos que recapturar Lykos e os outros fugitivos. Ao que parece, eles estão envolvidos em algum tipo de situação de conflito nas minas de vibranium, então sugiro que levemos a briga até eles em vez de esperar que nos ataquem aqui.

– Nesse ponto eu discordo – disse Tony. – Acho que é hora de fazermos uma visita ao posto avançado local da S.H.I.E.L.D.

Steve pareceu surpreso.

– Você realmente vai acreditar na palavra de Lykos?

– Você não achou suspeito que os arquivos de Lykos na Balsa estivessem tão trancados quanto um cinto de castidade medieval?

– Eu penso que a S.H.I.E.L.D. é uma força mantenedora de paz – disse Steve. – Eles não fazem negócios com os poderes estrangeiros, não se envolvem em operações internacionais de mineração e, acima de tudo... não fazem experimentos em prisioneiros. Além disso, a Terra Selvagem é um local internacionalmente reconhecido como uma herança ecológica do mundo. Nenhum país pode se apossar dele.

Tony vestiu o capacete, com o visor erguido.

– Fico feliz que tenha esclarecido isso, Steve. Mas como a S.H.I.E.L.D. não me sustenta, estou inclinado a verificar se minhas suposições fazem sentido.

– Ele tem razão, Cap – disse Clint. – É muito estranho que a base da S.H.I.E.L.D. tenha ficado fora do ar. Mesmo que estivessem sob ataque, ou se houvesse algum tipo de falta de energia lá...

– Talvez – disse Natasha – estejam tramando algo que não querem revelar para o restante da organização. Eu acho que devemos verificar a base da S.H.I.E.L.D. primeiro.

– Você não pode dar nenhuma opinião neste assunto – disse Clint.

Natasha pareceu surpresa.

– Está assim por causa do que eu disse há pouco? Achei que pelo menos você entenderia o que eu estava tentando fazer.

Clint pegou o arco e a aljava.

– Me pareceu que você estava tentando salvar sua pele.

Natasha não recuou.

– E mesmo assim me pareceu que você não teve problemas em dar a Jessica o benefício da dúvida.

– Não estou dando a ela o benefício de nada. Fury vai entrar em contato em algum ponto, daí... ou ele vai confirmar a história dela, ou vamos descobrir que ela estava mentindo. No *seu* caso, entretanto, não há como sabermos se está ou não dizendo a verdade.

Jessica sentiu como se alguém a tivesse estapeado.

– Com licença, mas por que você me defendeu se achou que eu poderia estar trabalhando para a Hidra?

Jesus. Era por isso que Clint não gostava de misturar trabalho e sentimentos.

– As coisas não precisam ser oito ou oitenta, Jess. Seja lá o que você tenha feito, não quero vê-la ferida... ou morta.

Jessica se aproximou dele.

– Então você *ainda* acha que eu posso estar trabalhando para a Hidra?

Steve se colocou entre os dois.

– Pessoal, não temos tempo para falar sobre isso agora.

– Então está certo – disse Tony. – Acho que devemos nos dividir em dois grupos. Quem vem comigo para investigar o posto avançado da S.H.I.E.L.D.?

– Eu vou – adiantou-se Natasha, colocando-se ao lado dele.

– Eu também vou – disse Jessica, lançando um olhar para Clint.

Bem, isso torna minha decisão mais fácil, pensou Clint.

– Eu vou com Steve até as minas – ele disse, erguendo a aljava e o arco. – Quem mais vem?

– Se estiver rolando trabalho escravo, quero ficar sabendo – disse Luke.

– Acho que é melhor eu ir junto para tomar conta de você. – Peter se posicionou ao lado do grandalhão.

– Muito bem. Há um pequeno lago na base do Monte Eternidade. Podemos nos encontrar lá – Steve disse a Tony.

Os grupos seguiram em direções opostas. *Os Novos Vingadores haviam acabado de ter uma pequena vitória na cidadela*, Clint pensou, *mas com certeza ainda não eram uma equipe.*

17

O MELHOR DE ESTAR NUMA MISSÃO apenas com os caras, pensou Clint, é que os homens não sentem necessidade de preencher o silêncio com conversa. Então é possível simplesmente se concentrar em andar, abrir caminho por entre a vegetação e pensar no que fazer, já que as flechas da aljava estavam acabando. Além disso, preocupar-se com o modo como alguns galhos foram quebrados, como se alguma criatura misteriosa e pesada houvesse passado por ali, e pensar no perturbador fato de que nenhum pássaro do terror, dinossauro ou metamorfo cruzou o caminho deles, apesar de certamente estarem por ali, à espreita, considerando se vale ou não o trabalho de matá--los. Com tudo isso pesando na mente, não é preciso sair escavando o subconsciente ou tentar falar sobre as próprias emoções.

– Então – disse Peter –, o que está rolando entre você e Natasha?

Clint olhou para ele, e em seguida desviou o olhar.

– Não está rolando nada.

– Pois me parece que está.

– Bem, você se enganou. Não está.

– E com a Jessica?

– Não está acontecendo nada entre nós.

– Não precisa ficar mal-humorado – reclamou Peter, afastando-se para caminhar ao lado de Luke.

Clint ouviu Peter dizendo:

– Não consegui descobrir nada.

Clint parou e verificou sua bússola. Já deviam estar a alguns quilômetros das minas, mas naquele ponto a selva era tão fechada que se tornava quase impossível ver o que havia à frente.

– Eu imaginava que o terreno seria mais aberto nesse ponto, já que as minas ficam por aqui.

– É, e se houvesse atividade, deveríamos estar ouvindo algo – disse Steve.

Clint ergueu a bússola.

– Um momento, vou verificar as redondezas. A agulha está fazendo um movimento estranho.

– O vibranium altera o funcionamento das bússolas – disse Peter.

– Pelo menos, grandes quantidades costumam fazer isso. Então, se a bússola está doida, provavelmente é uma pista de que há alguma mina desse negócio por aí.

Luke secou o suor da testa.

– Que alívio.

Steve usou a borda do escudo para cortar um cipó grosso como a coxa de um homem.

– Vamos lá, precisamos nos aproximar.

Eles se moviam com uma lentidão agonizante por entre o matagal pesado. O cheiro úmido da vegetação pantanosa e das frutas podres misturava-se agora ao odor do suor dos homens. As árvores começaram a rarear, revelando um pedaço de céu azul, quando Steve parou repentinamente.

– Ei, ouviram isso?

O som fraco de hélices girando foi se tornando gradativamente mais alto.

– Helicópteros – disse Clint. – Abaixem-se.

Clint e os outros deitaram na terra enquanto três aeronaves que pareciam helicópteros passaram acima deles. Quando Clint ergueu o olhar, soltou um assobio de admiração.

– Esses grandões são coisa dos militares. Aonde será que estão indo?

– Vamos descobrir – Peter se lançou para o topo das árvores, movendo-se agilmente de galho em galho. Ele desapareceu de vista depois de alguns segundos, mas logo retornou. – Bem... – ele disse, parecendo tenso e assustado, o oposto do seu jeito brincalhão de ser. – Eis o problema: A razão pela qual não conseguimos enxergar as minas é porque estamos na beira de um penhasco. E as minas estão lá embaixo, a uns 10 metros.

Luke posicionou a mão sobre os olhos, tentando enxergar a acrobática silhueta azul e vermelha do Homem-Aranha empoleirado nas árvores.

– Há algo que você não está nos contando.

– É melhor verem com seus próprios olhos.

••••

Parados na beira de uma queda íngreme, os quatro Vingadores observavam, sob a espessa poeira erguida pelas hélices, os enormes helicópteros de carga pousando no solo, a 50 metros abaixo deles.

Quando parte da poeira assentou, Clint viu três caminhões grandes carregando vários caixotes. Por volta de doze metamorfos, a maioria homens, descarregavam os caminhões e transferiam os caixotes para os helicópteros.

Seis agentes da S.H.I.E.L.D. vigiavam os metamorfos, com as submetralhadoras pendendo casualmente em suas mãos. Enquanto Clint e os outros observavam, um homem-gato extremamente peludo tropeçou, derrubando cerca de uma dúzia de caixotes. Um guarda se aproximou e o atingiu com uma descarga elétrica. O homem-gato gemeu, convulsionou e caiu.

– Não acredito – disse Luke, com a voz tão grossa que quase soava como um grunhido. – Não me diga que aqueles caras ali embaixo, ou seja, o *nosso pessoal*, estão bancando os senhores de escravos.

Ouviu-se um som alto e lamuriante, e Clint gritou:

– Atirador! – E nesse exato instante um pedaço de tronco estilhaçou-se perto de sua cabeça. – Estão disparando contra nós. Não dá pra acreditar. Mesmo que não soubessem que trabalhamos para a S.H.I.E.L.D., é impossível que não estejam vendo o uniforme do Capitão.

Clint esperava que o Capitão ficasse surpreso, ou no mínimo incrédulo. Talvez até mesmo tentasse advertir o atirador: *Não vê que estamos do seu lado?* Mas, em vez disso, Steve gritou:

— Barton! Consegue ver onde está o atirador?

— Ele ainda não nos atingiu, então acredito que esteja disparando de um ângulo inclinado.

— Valeu.

Steve atirou o escudo, mas o atacante estava escondido. Um segundo antes de o escudo voltar para a mão de Steve, uma bala passou zunindo.

— Temos que nos reagrupar! Protejam-se!

Eles saíram dali, correndo o mais que podiam.

Peter estava mais próximo da segurança das árvores quando o enorme pteranodonte deu um rasante. Ele fez um movimento de pulso, enviando um jato de fluído de teia na cara da criatura. Não fez diferença, pois a criatura agarrou Peter facilmente. Quando já batia as gigantescas asas, elevando-se no ar, Steve atirou seu escudo novamente; a peça girou, atingindo a lateral do pteranodonte, antes de voltar para sua mão. O réptil voador rosnou, mas não soltou o Homem-Aranha.

— Sauron — Luke berrou. — Solte-o! — Uma bala ricocheteou nas costas de Luke, e em seguida outra passou de raspão pelo rosto de Clint, quase o atingindo. Ele disparou três de suas preciosas flechas remanescentes na direção do atirador.

Pendurado a quinze metros do chão, Peter tentava lutar para se soltar das garras de Sauron.

— Lykos, eu não quero lutar com você!

— Imago acha que posso me alimentar de você — disse Lykos, ferindo os ombros do Homem-Aranha com as garras afiadas. — Vamos ver se ele estava certo.

Enquanto Clint e os outros observavam, Sauron abriu o bico, que parecia afiado o bastante para cortar os ossos de um mastodonte.

Steve atirou o escudo novamente, e dessa vez atingiu o alvo bem na asa direita. Sauron despencou estrondosamente no chão. Peter se soltou e caiu rolando quando atingiu o solo.

Os Vingadores se aproximavam de Sauron, que batia as asas, tentando voar.

— Parem — pediu a criatura que havia sido Lykos. — Não ataquem. Sua voz era rouca, e soava como a de um corvo.

No instante em que Lykos emitiu o comando, Clint tentou ir em sua direção, e então percebeu que não conseguia se mover. *São os olhos dele*, pensou Clint. Dentro daqueles olhos enormes, as pupilas haviam se transformado em espirais, hipnotizando-o com seu constante movimento espiralado.

Sauron sacudiu a cabeça oblonga — um gesto estranhamente humano executado por uma criatura tão desumana.

— É engraçado. Em meu vilarejo, todos crescemos querendo Coca-Cola, calças jeans da Levi's e um herói como o Capitão América para nos proteger. Essa foi uma das primeiras razões pela qual concordei em trabalhar com...

A última palavra de Sauron terminou em um coaxo sufocado quando a parte traseira do seu crânio explodiu. Clint sentiu o jorro do sangue e dos fragmentos de cérebro quando o pteranodonte caiu de cara no chão.

— Jesus — disse Clint, percebendo que podia se mover novamente. — Esse tiro veio de algum ponto atrás de nós.

Ou os soldados do fundo do despenhadeiro haviam conseguido escalar a face do rochedo e se movimentar silenciosamente em volta dele, ou, o que era mais provável, haviam pedido reforços pelo rádio. Enquanto Clint sacava o arco, Luke, Peter e Steve avançavam para confrontar sabe-se lá quem havia derrubado Sauron.

Saindo de trás das árvores diante deles, uma dúzia de agentes táticos da S.H.I.E.L.D. se aproximou, com as armas erguidas e apontadas para os Vingadores.

Steve deu um passo à frente, como se as armas não valessem sua atenção.

— Soldados — ele chamou a atenção de todos. — Eu sou o Capitão América. Trabalho para a S.H.I.E.L.D. e tenho liberação de segurança nível oito.

Clint jamais vira o Capitão tão furioso.

– Vocês estão agindo completamente contra os protocolos da S.H.I.E.L.D. Ordeno que abaixem as armas!

Um dos soldados, um rapaz de cabelos vermelhos, sacou um telefone via satélite.

Clint não conseguiu entender o que ele estava dizendo, mas presumiu que estava requisitando instruções a um superior.

O soldado ruivo pareceu ter dificuldade de entender o que o superior dizia do outro lado. Enquanto Clint observava, ele falou mais alguma coisa, e então esperou a resposta. Quando se voltou para os companheiros soldados, seu rosto parecia sombrio.

Peter olhou para Luke.

– Ele acabou de dizer o que eu acho que acabou de dizer?

Luke xingou em alto e bom som.

– Fique atrás de mim.

Foi pela expressão do rosto sem máscara de Steve que Clint finalmente entendeu o que os outros tinham ouvido: os agentes da S.H.I.E.L.D. haviam recebido ordem para executá-los.

18

À PRIMEIRA VISTA, o posto avançado da S.H.I.E.L.D. não parecia ser grande coisa, apenas um grupo de pequenos edifícios brancos organizados em volta de duas fileiras de palmeiras. A 30 metros do edifício mais próximo, Natasha, Tony e Jessica esperavam sob a cobertura de um esconderijo improvisado feito de terra, arbustos e algumas mudas puxadas a fim formar um tipo de proteção. Até aquele momento, não havia movimentação de ninguém saindo ou entrando.

– Finalmente – disse Tony, quando dois agentes vestidos com um uniforme preto saíram de um dos edifícios mais próximos, seguindo na direção da estrutura mais ampla, presumivelmente o Quartel General do local. Os dois pareciam conversar amigavelmente. Um deles até chegou a rir.

– Não parece haver uma crise aqui – disse Natasha, observando através dos binóculos. – Na verdade, desconsiderando os jipes, os helicópteros militares e as imensas aeronaves horrorosas, até parece uma colônia de férias.

– Só se for daquelas em que os maníacos depressivos fazem exercícios de humilhação em grupo em volta da piscina.

Jessica estendeu a mão para pegar o binóculo.

– Para mim, parece bom. Se tivesse uma quadra de tênis e uma rede, não me importaria de ser transferida para cá – disse ela.

Tony ergueu a placa facial do capacete.

– Os seus padrões são extremamente baixos. Armadura, algum progresso na análise de arquivos da Balsa?

– Negativo.
– Ainda não está bom. Precisamos saber mais sobre nossos amigos ali, e o que estão escondendo. E digo "amigos" em tom irônico e entre aspas.
– Eu *entendi* o que você quis dizer – respondeu bruscamente a armadura. – Estou programada com capacidade de compreensão avançada de formas de linguagem. Utilizá-las, no entanto, diminui a velocidade de minha análise.
– Acho que ela acabou com você – disse Jessica.
– Bem, mesmo sem o computador, uma coisa dá pra saber com certeza – disse Natasha. – Seja lá o que os tenha deixado off-line, não foi porque estão em perigo.
– Não concordo. Não podemos ter 100% de certeza ainda. – Jessica parou de falar e matou um mosquito. – Talvez tenha acontecido um ataque e as pessoas estejam feridas lá dentro. Ou talvez estejam doentes. – O zumbido do mosquito retornou. Jessica se virou e o atingiu com uma rajada de eletricidade emitida da ponta de seus dedos. Vendo o olhar de Tony, ela disse: – E daí? Já que todos sabem que eles voltaram, é melhor eu usá-los.
– Vou supor que estamos falando sobre seus poderes – disse Tony.
– Agora! Dê um choque nele – gracejou Natasha.
– Grah – Jessica fez um gesto ameaçador com a ponta dos dedos em forma de garras, e Tony se defendeu com a mão de metal estendida.
– Pessoal, observem a linguagem corporal daquele vigia. – Natasha apontou para uma torre de guarda que dava ao seu ocupante uma visão geral de todo o perímetro do posto avançado.
– Ele está tranquilo, talvez até mesmo entediado. E olhem aquela bicicleta encostada naquele prédio. Tudo está limpo e em ordem. Há poucas pessoas aqui, e elas não parecem preocupadas. – Natasha se recostou contra a base de uma árvore e destampou o cantil. – Eu acho que uma boa parte do pessoal foi fazer alguma coisa em outro lugar e voltará em algumas horas.
Ela ofereceu o cantil para Tony.
– Você quer dizer... – Tony pegou o cantil. – Nas minas?

Ele entregou a água para Jessica.

– Faz sentido – ponderou Jessica. – Mas precisamos olhar mais de perto.

Ela levou o cantil até os lábios e inclinou a cabeça para trás.

– Tony. Você tomou tudo.

– Eu – disse Natasha.

– Você acabou com a água?

– Não, eu vou entrar no complexo. Sou a única que não está usando roupas chamativas. É mais fácil eu me misturar aos outros usando este macacão negro, assim como fiz no aeroporta-aviões. – Natasha prendeu os cabelos para trás com uma das mãos. – Me empresta um prendedor de cabelos? Notei que a maioria das agentes da S.H.I.E.L.D. usa os cabelos presos.

– Este é o único que eu tenho... – Jessica tirou o elástico que prendia seus cabelos. – Mas, espere um pouco. Como vamos saber se você não vai entrar lá e nos delatar?

– Não tem como você saber – disse Natasha.

Ela se levantou e caminhou até a área aberta como se tivesse toda a liberdade de fazer isso. Quando passou por uma jovem com uniforme de combate, assentiu para ela pensando: *meu cargo é mais elevado que o seu.* A soldada a cumprimentou, e Natasha devolveu o cumprimento antes de continuar seguindo na direção da estrutura principal do complexo.

Ciente de que estava sendo observada através dos binóculos de Jessica, Natasha imaginou a frustração dela quando sumiu edifício adentro. *Acho que, no fim das contas, você teve de me dar o benefício da dúvida.*

A temperatura era notavelmente mais fria dentro do saguão principal, e Natasha sentiu a rajada do ar-condicionado na nuca. Ela passou por um Tiranossauro Rex empalhado que parecia ter perdido alguns dentes e por algumas fileiras de cadeiras arranjadas em volta de um singelo púlpito. Pequenas bandeiras de todos os membros das Nações Unidas estavam penduradas em volta da sala, e os agentes que Natasha havia visto lá fora caminhavam na direção dos fundos do local, perto das escadas e dos elevadores, onde um guarda permanecia sentado atrás de uma enorme mesa de carvalho. Eles o cumprimentaram e entraram no elevador.

Está certo, pensou Natasha. *Minha vez*. Ela se aproximou do guarda pensando: *Passamos um pelo outro mais de uma dúzia de vezes, nós mal nos conhecemos, mas reconhecemos nossos rostos*. Parecia estar funcionando. Na parede atrás do guarda havia uma foto emoldurada do emblema da S.H.I.E.L.D., a águia de asas abertas. Abaixo dela, uma fotografia em preto e branco desbotada do Capitão América usando uma jaqueta de couro da época da Segunda Guerra Mundial, parado ao lado do Presidente Roosevelt; uma do Primeiro-ministro Winston Churchill, parrudo e com cara de ameixa; um sorridente Stalin, usando quepe militar, sobretudo e ostentando o bigodão de malfeitor de filme antigo. Abaixo da fotografia, uma placa de cobre com as palavras de um poema do poeta persa Saadi, que Natasha reconheceu do edifício das Nações Unidas em Nova York:

Os seres humanos são parte de um todo,
Criados de uma única essência.
Quando a calamidade dos tempos afeta uma das partes,
As outras não podem permanecer tranquilas.
Se não tiver compaixão pela dor dos outros,
És indigno de ser chamado de humano.

Era tudo terrivelmente elevado e inspirador, mas Natasha poderia apostar que o jovem guarda sentado à frente da placa não havia se dado ao trabalho de ler o poema recentemente. Ele tinha nariz arrebitado e parecia jovem demais até mesmo para se barbear, mas seus olhos pequenos e muito azuis continham um olhar forte e obstinado.

– Espere um momento – falou quando Natasha estava prestes a passar por ele. – Pode me mostrar a sua identificação, por favor?

– Meu cartão ainda não foi emitido – disse Natasha. – É por isso que estou aqui.

– E o seu cartão temporário? Você pode usá-lo até que o definitivo fique pronto. – Havia um toque de irritação na voz dele.

Esse aí está procurando um motivo, pensou Natasha.

— Soldado, você vê algum emblema em meu uniforme?

O guarda franziu o cenho.

— Não...

— Exatamente. E o que isso significa?

Surpreso pela atitude truculenta dela, o guarda balançou a cabeça.

— Não sei se estou entendendo.

Natasha suspirou.

— Significa que pertenço ao nível cinco ou mais.

— Ah, certo. — A expressão do guarda suavizou. — Você vem do programa Viúva Negra, é isso? Eu sei que seu pessoal já vem com um nível cinco automático.

— Exatamente — respondeu Natasha, na esperança de ele não ter percebido a breve surpresa em seu rosto, que ela não fora capaz de suprimir.

Ele não percebeu.

— Vou avisar o Tenente Comandante de que você está aqui. — O guarda apertou um botão em seu fone. Olhando novamente para Natasha, ele perguntou: — Qual é o seu nome?

Chort poderi. Ela não teve tempo de se preparar para isso. Deveria haver uma lista, mas seu nome não estaria nela. Nem qualquer outro nome inventado. Natasha tinha de escolher alguém que havia passado pelo programa Viúva Negra, mas que o guarda ainda não conhecia.

— Yelena Belova.

Foi uma aposta, mas uma aposta arriscada: sua velha amiga não era o tipo de agente que podia ser enviada para missões mais exóticas.

— Aguarde um instante, senhora.

Enquanto o guarda esperava que a pessoa do outro lado atendesse ao telefone, as narinas dele se dilataram. Algo a havia denunciado. Natasha agradeceu e em seguida se encaminhou para a saída, como se fosse a coisa lógica a fazer enquanto esperava para ser admitida no edifício.

— Ei — o guarda a chamou. — Para onde você está indo?

Natasha não olhou para trás.

— Esqueci algo em meu quarto. Já volto.

Ela abriu a porta e saiu calmamente. O sol cegava seus olhos enquanto ela se movia com propósito na direção de Tony e Jessica. *Vamos lá*, ela pensou, *me deem um sinal de que estão prestando atenção*. Natasha ouviu a porta se abrindo atrás dela e o estalo de uma arma sendo engatilhada.

– Parada!

Natasha parou e se virou lentamente. O guarda de expressão infantil tinha o rosto corado pela empolgação. *Maravilha*. Era evidente o quanto aquele momento era importante para ele, todos os dias sentado àquela mesa, completamente entediado, esperando o dia todo, possivelmente a semana toda, pela chance de atirar em alguém, e agora finalmente a sorte estava a seu favor. Assumindo o ar calmo e autoritário do Capitão América, Natasha olhou para trás, diretamente nos olhos do guarda, como se ele estivesse enlouquecido.

– Como é? Há algum motivo para você apontar essa arma para um oficial superior?

– Estou apontando esta arma para uma impostora.

Houve um forte ruído causado pela estática capturada pelo rádio preso ao cinto do guarda. O rapaz apertou o botão do aparelho.

– Sim, está certo, estou mantendo-a aqui.

Ele segurou a pistola com as duas mãos, e Natasha quase podia ouvi-lo rezando para que ela lhe desse um motivo para atirar.

E então a porta foi aberta. Uma loira magra usando um macacão preto emergiu, e o coração de Natasha deu um estranho pulo enquanto ela observava sua mais antiga amiga se aproximando como se fosse uma estranha. Os pequenos olhos cinzentos de Yelena e as feições alongadas e fortes lhe davam uma aparência maldosa e nada amistosa, por isso sempre passavam a ela missões em que era preciso se disfarçar de algum burocrata medíocre ou de uma acadêmica austera. Ela era uma dessas mulheres cujo rosto se transformava completamente ao sorrir, mas ela não estava sorrindo naquele momento.

– Yelena – Natasha a saudou. – Você está no comando aqui... – Aquilo não tinha sido uma pergunta; em parte, Natasha sabia disso desde o momento em que vira a reação do guarda.

– Eu me perguntava se você ia conseguir chegar até aqui – disse Yelena, com a feição dura e firme. – Mas, é claro, você sempre foi excepcional. – Ela pronunciou a última palavra em tom de severa censura.

Natasha percorreu as páginas de seu manual mental de estratégias.

– Se você queria liderar uma operação, era só ter me pedido. – Ela ergueu as sobrancelhas, incitando-a a uma resposta... como se aquilo fosse um jogo entre amigos rivais, e não entre inimigos.

Mas ela havia calculado mal.

– Você realmente acha que pode me entregar uma missão como se fosse um vestido que não quer mais? – A boca de Yelena se retorceu. – Você não é mais a melhor aluna, Natalia. Você traiu a organização e o seu governo. Ter um desempenho excepcional não significa nada se não se pode confiar em você.

Natasha olhava fixamente para a velha amiga.

– Como pode me falar a respeito de confiança?

Yelena não conseguiu conter uma gargalhada.

– Por favor. Não tente se fazer de coitadinha, Natalia. Eu a conheço muito bem.

– E eu nunca a conheci. O que está acontecendo aqui, Yelena? Por que você está trabalhando para a S.H.I.E.L.D.? Tem algo a ver com as minas de vibranium? – Natasha suavizou o tom de voz. – Claro que não é seguro deixar esse tipo de recurso largado por aí, sem proteção. Se alguém não o tirar de lá, mais cedo ou mais tarde algum grupo terrorista vai se aproveitar disso. Existem muitas tribos e facções na Terra Selvagem.

Ela fez uma pausa.

– E se os agentes que supostamente deveriam estar no comando são cegos demais para ver o que deve ser feito, um patriota de verdade encontra um modo de passá-los para trás.

– Exatamente – concordou Yelena. – Alguns clãs locais já estão tentando trabalhar nas minas. Se não tivéssemos agido quando agimos, vocês teriam selvagens armados com um tipo de metal que suporta qualquer tipo de munição.

– Então, em vez disso, você os colocou para minerar vibranium para você.

Um nervo ao lado do olho esquerdo de Yelena pulsou.

– Já percebi o que está fazendo.

– Só estou tentando entender. Você sempre disse que tínhamos a obrigação de proteger o que há de mais vulnerável em qualquer sociedade. Certamente, os moradores da Terra Selvagem são os vulneráveis nesse caso.

– Não temos tempo para isso – Yelena virou o rosto, quebrando o contato visual com Natasha. – Guarda, leve-a até uma cela.

– Sim, senhora.

O guarda ficou atrás de Natasha, apontando a arma para as costas dela.

O telefone via satélite na cintura de Yelena começou a piscar, e ela atendeu.

– Sim? O quê? Eu já dei minhas ordens. Não me interessa quem ele seja, mandei eliminá-los. – Yelena olhou para o chão, e Natasha pensou: *Clint e os outros. Foram descobertos.*

Natasha virou a cabeça para trás.

– Tony! – ela berrou com toda a força dos pulmões. – Vá até as minas! Eles vão matar o Capitão e os outros!

Os olhos de Yelena se arregalaram.

– Não devia ter feito isso, Natalia.

Os olhos dela brilharam com um tipo de emoção feroz.

– Guarda?

O rapazinho ficou a postos.

Atire nela.

O guarda sorriu como se tivesse recebido um cumprimento e apontou a arma. No céu atrás dele, Natasha viu um borrão vermelho e dourado vindo em sua direção. No momento seguinte, sentiu um forte puxão, e foi levantada no ar pelos braços.

– Aquilo foi muito bom – elogiou Tony, ajeitando as mãos sob os braços de Natasha, a fim de segurá-la apenas com o braço esquerdo.

O capacete de Tony se virou para o outro lado.

— Hã, Jessica? Você não está se segurando em mim?
— O quê? Não! Aaaahhhh! — Jessica fingiu que caía, como um personagem de desenho animado despencando acidentalmente de um precipício. — Brincadeira — ela disse, oferecendo a Tony um largo sorriso. — Pois é, posso voar de novo.
— Acho que você poderia ter mencionado isso antes, quando discutíamos quem viria para cá, não é?
— Foi mal — desculpou-se Jessica.
— E já que estamos falando de decisões ruins — continuou Tony. — você estava certa, Natasha. Seu macacão preto enganou todo mundo.
Natasha respirou fundo, para conseguir controlar a agitação provocada pela adrenalina. Suas mãos ainda estavam frias, mas pelo menos tinha agora uma visão completa das coisas.
— Ainda acho que não faz sentido usar trajes que chamem atenção...
— Discrição está fora de moda. Hoje em dia, tudo é grife. — Tony arrumou a mão, puxando Natasha para mais perto de si. Uma bala o atingiu, e então outra; ela percebeu que Tony se colocava entre ela e os tiros.
— Então, qual é a história entre você e aquela loira? — Jessica teve de gritar para ser ouvida acima do ruído do vento. — Vocês se conhecem há quanto tempo?
— Uns 20 anos mais ou menos.
O que, aparentemente, não significava nada. Natasha se perguntou se aquilo era um dos riscos de sua profissão, ou se simplesmente era impossível conhecer alguém bem o suficiente para conseguir detectar sinais de traição.
— Então vocês frequentaram juntas a escola de assassinas sensuais? — perguntou Tony — Há muitas outras como vocês? Espere aí... O que foi, armadura?
— Morteiro detectado. Vindo em nossa direção — informou a armadura quando um rastro de calor começou a persegui-los. — K-6 com estabilização, alcance mínimo de 660 pés, alcance máximo de 23.750 pés.
— Isso é muita informação.

Uma súbita rajada de ar os empurrou. Tony inclinou o corpo, mudando de curso. Houve um estalo e um lampejo de luz, seguidos por uma explosão que os lançou para a frente. Natasha sentiu no rosto o calor da bomba que explodiu, seguido por um giro desorientador no ar. Tony fazia um esforço imenso para recobrar o controle.

– Desculpem por isso – disse Tony. – Está todo mundo bem?
– Bem, eu estou aqui – disse Jessica. – Mas foi como se eu tivesse dado uma voltinha na pior montanha-russa do mundo.
– Acho que estamos fora de alcance agora.

Estavam voando muito mais alto do que antes. Dali, as gigantescas árvores e as montanhas vulcânicas tinham o aspecto de um pequeno diorama, e os enormes apatossauros em um bando lá embaixo pareciam pequenos brinquedos.

– Acho que a Terra Selvagem fica melhor quando vista daqui de cima – disse Natasha.

A metade esquerda de seu rosto queimava como se tivesse ficado muito tempo exposta ao sol forte. Talvez houvesse uma razão para os heróis usarem máscaras em uma batalha.

– Concordo – disse Tony. – Estamos voando para onde, exatamente?

– Achei que você quisesse tanta informação... – retrucou a armadura.

– Eu estava falando com Natasha, armadura. Natasha, o que você ouviu no complexo?

Natasha sentiu-se subitamente tonta, e então com um pouco de náusea.

– Acho que algumas tropas da S.H.I.E.L.D. estavam questionando a ordem de matar o Capitão América... e os outros.

– Jessica, segure-se em mim – disse Tony. – Armadura, acelere.
– Sim, Sr. Stark. Aliás, a análise da Balsa já foi completada.
– Agora, não! Apenas nos leve até as minas.

Natasha sentiu tremer a mão da armadura que a segurava pela cintura, e então uma rajada de vento em seus ouvidos à medida que a armadura acelerava. Abaixo deles, a selva tornou-se um borrão verde brilhante.

Quando ela já achava que seus tímpanos iriam estourar, Tony acionou os freios. Eles agora pairavam no ar, olhando para baixo, para o quadrante abaixo deles.

– Ah, meu Deus – disse Jessica.

O corpo sem vida de Sauron estava estendido no chão; a enorme envergadura das asas ali em repouso o fazia parecer ainda maior. Ao redor do corpo, as tropas mantinham Clint, Capitão América, Luke e Homem-Aranha sob a mira das armas. Clint tinha uma flecha posicionada, pronto para disparar, e Steve se mantinha na frente de Luke e Peter, com o escudo abaixado na mão direita.

– Vai uma mãozinha aí? – Tony desceu perto deles, pairando diretamente sobre a cabeça dos colegas de equipe.

– Preciso de uma armadurazinha – berrou Peter.

– Tem alguns milhões sobrando na poupança? – Tony ergueu a cabeça. – Oh, oh. Temos companhia.

Uma fração de segundo depois, Natasha também ouviu: o inconfundível vup-vup das hélices em rotação de um helicóptero girando no ar, acompanhado pelo rápido rá-tá-tá de uma metralhadora em ação.

Yelena.

– Diabos! – praguejou Jessica. – Estão atirando na gente.

Jessica e Tony deram a volta, mudando de direção para evitar os disparos. Natasha, que nunca sentia tontura quando estava em movimento, sentiu o estômago revirar com os puxões e mudanças imprevistas de direção.

No chão, Clint limpou uma gota de sangue do rosto antes de apontar a flecha para seus atacantes.

No instante em que ele soltar aquela flecha, pensou Natasha, *as tropas lá embaixo começarão a atirar.*

– Eles precisam de apoio.

– Eu sei – disse Tony, dando a volta. – Só preciso deixá-la em um lugar seguro.

– Não há tempo. Eu tenho que pular. – Ela estava a quase 15 metros do chão, mas se sairia bem se fizesse direito. – Nenhum de vocês pode lutar efetivamente se estiver me carregando.

– Mas você vai quebrar o pescoço – advertiu Jessica.

– No local de treinamento da Sala Vermelha, costumávamos fazer isso duas vezes por dia antes do almoço.

Natasha se soltou da mão de Tony, estendeu os pés e se inclinou, tentando lembrar-se dos treinos de ginástica olímpica. *Preciso executar dois giros e meio e pousar de pé com os joelhos dobrados antes de rolar no chão.* Se tivesse calculado direito o tempo – com ênfase no *se* –, haveria uma pequena chance de ela não quebrar nada importante, como o pescoço. E, como bônus, poderia não ser atingida por algum tiro se rolasse bem baixo.

Parecia ser um plano razoável, mas, como a maioria dos planos de batalha, se desfez quase que instantaneamente. Natasha mal havia completado o primeiro giro quando uma bala passou de raspão em suas costas. Ela então despencou, fora de controle. Antes que tivesse tempo de piscar, percebeu que fora agarrada por dois braços fortes: braços de mulher.

– Estou começando a gostar um pouco de você – ela disse a Jessica enquanto pousavam.

– Estou apenas quitando a dívida – disse Jessica, colocando Natasha de pé no chão.

E então um dos soldados de solo da S.H.I.E.L.D. disparou o primeiro tiro, e não houve mais tempo para conversar.

19

PETER DOBROU O PULSO e enviou um jato de sua poderosa teia em dois soldados à esquerda, cobrindo totalmente o rosto deles. Acima dele, Jessica e Tony voavam ao redor, disparando raios no helicóptero para forçá-lo a pousar.

Eu não sabia que Jess podia voar, ele pensou, sentindo certa inveja. *Queria ter sido picado pela aranha radioativa dela em vez da minha.*

À esquerda de Peter, houve o estalo de uma arma de fogo. Natasha tinha conseguido liberar um dos agentes desertores da S.H.I.E.L.D. e estava usando o corpo à prova de balas de Luke como amortecedor enquanto selecionava seus oponentes. A briga havia levantado bastante poeira, o que oferecia a Peter relances aleatórios da batalha: um rosto contorcido aqui, um corpo caindo ali, uma explosão que partia uma enorme árvore ao meio acolá.

Peter girou, sentindo o sensor aranha formigando, e viu um soldado vindo em sua direção, brandindo a arma como um bastão. Peter saltou em sua direção, atingindo-o com uma teia, e em seguida o puxou e o lançou contra três outros soldados. *Quatro com um golpe*, pensou ele. *Nada mal para um garoto urbano.* Peter olhou ao redor e viu que Clint estava parado, com o rosto sombrio e sangue pingando de um corte acima do olho, apontando uma flecha para as hélices do helicóptero. A flecha assobiou cortando o ar; para a surpresa de Peter, ela arrancou uma hélice inteira.

Vibranium. Tinha de ser. O helicóptero começou a rodar violentamente, e Peter avistou dois soldados pulando para fora antes que a cabine se tornasse uma gigantesca bola de fogo. Um deles era uma mulher loira, que foi caindo com os cabelos ondulando até o paraquedas abrir.

A poeira se tornou uma nuvem grossa, dificultando ainda mais a visão e a respiração. O tiroteio diminuiu para um ou dois tiros, e Peter ouviu alguém tossindo.

— Yelena! — Era a voz de Natasha. Ela começou a dizer várias coisas em russo.

Alguém gritou de volta no mesmo idioma, e Peter observou Natasha apontando a arma. Ele só conseguia distinguir uma silhueta de mulher, retirando o paraquedas das costas. Peter se deu conta de que era a mulher do helicóptero. Natasha a centralizava em sua mira.

Meu Deus, pensou Peter, *ela tá mirando na cabeça da mulher*. Antes que tivesse tempo de reagir, o escudo do Capitão América surgiu girando em seu campo de visão, e arrancou a arma das mãos de Natasha enquanto ela a descarregava contra a outra mulher.

Natasha se voltou para Steve, furiosa:

— Você está louco?

— Nós não atiramos para matar — ele gritou de volta.

Os soldados desertores da S.H.I.E.L.D. gritavam e xingavam, lançando contra eles uma breve saraivada de tiros em resposta. Homem de Ferro deu uma guinada para a frente e nocauteou outros dois atiradores enquanto Luke se aproximava, usando o corpo como escudo para Clint conseguir recarregar.

— Capitão, estou sem flechas — disse Clint.

— Olhe pelo lado bom, pelo menos as pessoas atirando em nós estão recarregando cheias de felicidade — disse Natasha, lançando um olhar maldoso para Steve.

Peter decidiu não mencionar que suas reservas de fluído de teia também estavam baixas.

— Onde estão as galinhas do terror quando precisamos delas?

Jessica passou voando por eles, disparando raios venenosos.

— Qual é o plano, Capitão?

Steve limpou o suor sujo da testa e olhou para eles, analisando silenciosamente cada um dos membros da equipe. Peter sentiu o olhar de

Steve passando pela máscara do Homem-Aranha, com seus olhos exageradamente brancos, espiando o interior da bagunça de pensamentos turvos que dominavam seu cérebro. O Capitão assentiu para ele, e Peter sentiu-se imediatamente mais calmo. Seja lá qual for o vodu do Capitão, ele podia executá-lo sem pronunciar uma palavra sequer.

– O plano – Steve disse por fim – é lutar até vencer.

Natasha bufou em escárnio.

– Por acaso você quis dizer "lutar até que eles nos matem"? Se eles atirarem para acabar com a gente, e estivermos lutando para capturá-los, só há um modo de tudo isso acabar.

Tony pousou e se colocou na frente dos outros Vingadores.

– Alguém pediu pausa para o café? Não posso fazer isso sozinho, vocês devem imaginar. Quer dizer, provavelmente posso, mas então vocês se sentiriam ainda mais inferiores.

– Não que eu queira afagar seu ego – disse Steve –, mas acho que você não tem mais nenhum truque na manga, ou tem?

– Uau, se você está me pedindo ajuda, é porque as coisas devem estar indo mal. – Tony abriu o visor facial. – Armadura?

– On-line, Sr. Stark.

– Projete um campo magnético polar com um raio de dez metros.

– Acho que não há bateria suficiente para isso.

Tony suspirou.

– E o que fazemos quando não há energia suficiente?

– Carregamos.

A poeira começava a assentar. *Eles não têm muito tempo*, pensou Peter.

– Hã, Tony? Quanto tempo acha que isso vai levar?

Tony limpou a poeira da boca.

– Armadura, relatório da situação.

– As células de energia estão em 6,5%, Sr. Stark.

Qual é..., pensou Peter, *carregue logo isso*. Agora que a nuvem de poeira havia se assentado, ele podia ver novamente o rosto dos agentes da S.H.I.E.L.D., algo em torno de duas dúzias de soldados fortemente armados. Alguém tossiu. *Isso vai ficar muito ruim*, pensou Peter.

A mulher loira, Yelena, deu um passo à frente, parecendo quase entediada, como se estivesse prestes a executar um ritual que não tinha nenhum significado pessoal para ela.

– Vingadores. Vocês se rendem?

Steve deu um passo à frente.

– Dona, está em completa desobediência aos protocolos da S.H.I.E.L.D. Exijo que se renda.

O sorriso de Yelena não chegou aos olhos dela.

– Você está revelando sua idade, Capitão. Não sou uma *dona*. Dirija-se a mim como Tenente Comandante, ou Senhora.

– Sinto muito, *dona*, mas não reconheço sua autoridade aqui.

Uma bala passou raspando pela lateral do escudo de Steve; mas ele o erguera bem a tempo.

Yelena virou-se para a esquerda.

– Quem fez isso? Não deve haver tiros até que eu dê o comando!

– Ela nunca foi boa em lidar com posições de autoridade – murmurou Natasha. – Muito estridente. Fica zangada muito fácil.

– Está certo – disse Yelena. – Já que se recusa a se render, Capitão, não me deixa outra escolha a não ser dar a ordem.

Peter pensou em Mary Jane e ficou se perguntando o que ela estaria fazendo. Ele não conseguia se lembrar em que dia da semana estavam, então a imaginou sentada em sua cozinha, tomando café e escrevendo uma lista de coisas a fazer. Comprar leite. Pagar o cartão de crédito. Ir à academia. Imaginou o sol iluminando seus cabelos, destacando os adoráveis cachos vermelhos. Ela estaria usando uma camiseta e um short, sem sutiã, com os pés descalços, as unhas dos pés precisando de esmalte.

Ele imaginou como ela receberia a notícia de sua morte, caso ele acabasse morto ali. Provavelmente choraria com suas amigas, e então se recuperaria sentindo-se confortada por pelo menos não terem se casado. *Sempre soube que ele acabaria se matando*, ela diria. Ela conheceria alguém novo e se casaria, ficaria grávida e seu filho cresceria sem nunca saber quem ele foi.

– Equipe vermelha – disse Yelena, elevando o tom de voz. – Olhos no alvo. Prontos para disparar. Abram fo...

— Espere! — Natasha se colocou na frente de Steve e diretamente na frente de Yelena, na linha de fogo. — Antes disso, Yelena, preciso lhe fazer uma pergunta. Você certamente me deve uma resposta antes que eu morra... Pode ser?

Yelena balançou a cabeça.

— Que decepção, Natalia. Não esperava que você se tornasse uma covarde. Será que vale a pena isso tudo, apenas para viver mais uns minutos?

— Eu só preciso saber uma coisa. Quem está no comando desta operação... Você ou alguém da S.H.I.E.L.D.?

Yelena soltou uma risada desdenhosa e disse algo em russo.

— Ela está conseguindo tempo para nós — disse Clint. — Tony, como estamos indo?

— Vamos lá, armadura — murmurou Tony. — O que você tem pra mim?

— 6,6... 6,7...

— Converta toda a energia. E agora?

— 8,9.

— Aqui... — disse Jessica. — Tente isso. — Ela disparou um raio de eletricidade no reator arc no peito de Tony. Ele cambaleou para trás, e então se recompôs.

— E agora, como está? — sua voz era rouca.

— 11.

— Agora vai dar. Erga o escudo! Mas mantenha-o em nível baixo. Não quero arrancar as obturações de ninguém.

— Não precisa gritar — disse a armadura, ofendida. — Campo ativado, nível baixo.

— Eu não vejo nada — disse Luke. — Que tipo de campo de força você ergueu?

A resposta veio na força de uma súbita torrente de armas, correntes de identificação, telefones via satélite, óculos, anéis e relógios. A miscelânea vinha voando na direção dos Vingadores como se um flautista a atraísse para casa. Por um momento, todas as armas se mantiveram suspensas no ar, e então Tony disse:

— Desativar.

E todas caíram aos pés da equipe.

– Cacetada! – disse Luke.

– E porretada para acompanhar – acrescentou Peter.

Ele observou a surpresa no rosto dos inimigos enquanto se davam conta de que haviam acabado de perder a batalha.

Tome essa, Mary Jane. Pra variar, não vou morrer aqui.

20

HOUVE UM SILENCIOSO MOMENTO DE SURPRESA, e então Natasha disse:
– Está certo, Yelena. Quem organizou esta operação? – Ela percebe Peter, Luke e Jessica se movendo ao redor dela para render as outras tropas, mas tem sua atenção inteiramente voltada a Yelena, que abre um sorriso tenso.
– Ah, lá vem o grande espetáculo de Natalia Romanova. Seus amigos sabem por que os professores a chamavam de Romanova? Não que você tivesse alguma relação com a antiga família imperial. – Ela projetou a voz, a fim ser ouvida por Steve e os outros. – Chamávamos a sua amiguinha de "grande duquesa" porque ela queria sempre ser o centro das atenções. Ela não tinha um sobrenome. Não havia registro de mãe ou pai.
– Esta conversa não é sobre mim, Yelena.
– Claro que é sobre você. Sempre é. Você precisava ser constantemente elogiada, que todos dissessem o quanto você é melhor, mais esperta, mais forte, mais bonita. Bem, agora é a minha vez de ser a Viúva Negra. Eu estou infiltrada, e você... você é ninguém, um nada sem família, amigos ou trabalho.
– Você não foi escolhida para essa missão em meu lugar, Yelena. Eu nunca a teria aceitado; nem você, se não estivesse tão desesperada. Você continua sendo a segunda melhor. Agora, me diga, porque eu sei que você não tem a qualificação necessária para liderar uma operação desse tipo. A quem você se reporta?

— Não tenho a qualificação necessária? — A face de Yelena se contorceu de raiva. — Você não faz ideia. — Yelena desferiu abruptamente um golpe no queixo de Natasha. A Viúva Negra sentiu o canto da boca sangrando.

— Você deve estar brincando. Com tudo o que está acontecendo aqui, quer arranjar um motivo para lutar comigo por causa de rancor?

— E qual é o problema? Tem medo de que eu a machuque? — Yelena tentou lhe dar outro golpe, mas dessa vez Natasha a segurou pelo pulso. Girando-a, Natasha usou o braço de Yelena como alavanca para puxá-la contra seu joelho, e em seguida a derrubou de costas no chão.

— Chega dessa bobagem e me diga quem está no comando.

Yelena tentou segurar os cotovelos de Natasha para derrubá-la.

— Na verdade — Yelena disse, levantando-se –, eu estou.

Em uma violenta e instantânea reação reflexa, Natasha executou um chute, girando as pernas em posição de tesoura. Em um segundo, Yelena estava novamente no chão.

— Resposta errada — Natasha segurou Yelena pelo colarinho apertado do macacão. — Vamos tentar de novo. Quem está comandando esta operação?

Yelena limpou uma gota de sangue do nariz. Ela sempre teve tendência a sangramentos nasais.

— Eu estou.

Natasha se posicionou atrás dela, ainda a segurando pelo colarinho.

— Duvido.

Natasha torceu os pulsos de Yelena, deixando-a sem ar.

— Dez segundos disso e você desmaia. Um pouco mais, e você não acorda mais. — O rosto de Yelena começou a ficar vermelho, e ela fez um esforço imenso para se manter acordada.

— Natasha! — Era Steve, claro. — Pare, antes que você a mate.

Natasha ergueu o olhar.

— Não até que ela se renda. Você se rende, Yelena? — Ela relaxou a pressão.

Yelena demorou alguns segundos para conseguir falar; quando conseguiu, a voz saiu como um coaxo rouco.

– Nunca.

– Então está bem – Natasha inclinou-se novamente, e Yelena fechou os olhos.

– Natasha! Pare! – Steve colocou a mão no ombro dela. – É uma ordem.

– Nat. – Agora era Clint, posicionando-se ao seu lado. – Você tem que soltá-la.

Natasha ergueu o olhar. Jessica, Tony, Peter e Luke olhavam fixamente para ela. Ela sabia, ninguém precisava lhe dizer, que eles estavam lhe dando uma última chance de fazer algo nobre, antes de interferirem e forçarem-na a largar a outra mulher. E seria Clint, é claro, o encarregado dessa missão. Com um grunhido de desgosto, Natasha deu as costas a Yelena.

– Não é assim que fazemos as coisas – advertiu Steve, com a voz tensa de raiva.

– Estou começando a ver por que sua antiga equipe se separou – replicou Natasha, levantando-se.

Yelena ficou apoiada nas mãos e joelhos, tossindo.

– O que você queria que eu fizesse? Oferecesse a ela um café e uma ligação? Prometesse anistia se ela falasse? Tem alguma ideia do tipo de pessoa com a qual está lidando?

Havia listras vermelhas de raiva nas bochechas de Steve.

– Moça, você não faz ideia do quanto estou cansado de ouvir isso.

Natasha balançou a cabeça.

– Então deveria saber que não há espaço para problemas desse tipo em situações como esta, Capitão. Se não usar tudo o que tem, acaba deixando que eles vençam. – Ela ouviu um soluço atrás de si e se virou. Yelena estava sentando-se sobre os calcanhares, olhando para o céu com os olhos arregalados.

E então Natasha ouviu o bater rígido de enormes asas, acompanhado por um grito rouco, como o de um gavião. Ela olhou para cima e quase gritou também ao ver Sauron dando um rasante com as garras à mostra.

Mas o alvo não era Natasha. Sauron agarrou Yelena pela frente do uniforme e a levantou. Com a parte detrás da cabeça cristada pingando sangue, ele bateu as enormes asas lentamente, tentando ganhar altitude.

Natasha olhou fixamente para o céu, protegendo os olhos do sol.

— Como é possível que ele ainda esteja vivo, Clint? — ela perguntou, e então se lembrou de que eles não estavam se falando. Tarde demais.

— Ele deve possuir algum tipo de fator de cura, como o Wolverine.

— Um momento, pessoal — disse Peter. — Estou sentindo um arrepio ruim aqui.

— Sr. Stark — pronunciou-se a armadura. — Estou detectando um fluxo de energia de nível branco.

— Ah, cara, isso não é nada bom. Erga o escudo repulsor!

— O vetor do escudo só pode proteger o raio de um metro, Sr. Stark.

Luke se virou para Peter.

— O que é fluxo de energia de nível branco?

— Acredite — disse Peter —, você não vai querer saber.

— Todo mundo perto de mim... Agora! — Tony ergueu os braços, e uma luz branca irrompeu das palmas das manoplas metálicas. Clint agarrou Natasha, puxando-a para trás com ele, enquanto a energia emitida das palmas de Tony formava um domo em volta dos sete Vingadores.

Através do campo de força que os protegia, Natasha conseguiu discernir a forma reptiliana de Sauron levando Yelena embora, como se fosse um monstro saído de um filme de terror antigo. Subitamente, o céu atrás deles se tornou escuro.

Um violento vento chicoteou as árvores, quase as quebrando no meio. Sacudindo as gigantescas asas, Sauron lançou a cabeça para trás e abriu o bico como se fosse gritar, mas não emitiu som algum.

Dentro da redoma, sentindo a pressão do ar mudando, Natasha fechou os olhos. Pelas pálpebras, viu um lampejo de luz branca brilhante, seguido por um rugido profundo que vibrou por todos os ossos de seu corpo. O chão tremeu embaixo de seus pés quando a explosão atravessou a floresta, e Natasha perdeu o equilíbrio. O rugido grosso da vibração continuava; Natasha sentiu uma dor aguda no nariz, como se estivesse em um avião descendo rápido demais. Ela tropeçou em alguém que se aproximou dela. Ele colocou a mão em sua nuca e a puxou para perto, apoiando-a em seu peito. *Clint*. Ela sentiu o inconfundível cheiro dele misturado ao odor salgado do suor e pensou: *Isso é perigoso*. Mesmo assim, não conseguia se afastar.

E então a pressão diminuiu, e Natasha abriu os olhos. Clint a soltou.

– Já se foram. Desapareceram – disse Clint.

No começo, Natasha não entendeu.

– Quem?

– Todos os que estavam ao nosso redor. – Seu tom era frio, sem emoção. Ter estado entre os braços dele havia pouco parecia ter sido apenas fruto da imaginação dela.

Luke observava uma mancha de sangue no chão.

– Isso é tudo que sobrou de Sauron e Yelena?

– E de todos aqueles soldados que eu amarrei – Peter parecia enjoado. – Ah, Deus.

– Não é culpa sua – Steve tentou consolá-lo. – Você não soltou aquela bomba.

Natasha avistou alguns fios de cabelos dourados presos entre duas pedras. Ela se abaixou e os pegou. *Yelena*. Todas as conversas a respeito dos professores e dos rapazes. A vez em que haviam roubado uma garrafa de vodca da sala dos professores e sentiram pela primeira vez os efeitos do álcool que descia queimando. Experimentando maquiagens juntas, aprendendo a montar e desmontar uma pistola Makarov, testando suas habilidades com explosivos, praticando movimentos de dança com as músicas de Mumiy Troll e Zemfira.

Tudo havia sido uma mentira. Mais uma, em uma vida construída sobre mentiras. Natasha alisou na palma da mão os cabelos de sua velha amiga.

– Sinto muito que sua amiga tenha morrido desse jeito – lamentou Clint.

Natasha levantou-se, e então foi acometida por uma pontada na cabeça e uma tontura, que fez o dia escurecer por um segundo.

– Eu não...

– Não comecem o funeral ainda – disse Tony. – Armadura, alguém fora da redoma sobreviveu à explosão?

– Estou detectando duas formas de vida recuando... uma humana e uma metamorfa. As duas estão gravemente queimadas, mas não morreram.

– Como isso é possível? – Luke olhava para o círculo de terra queimada onde a bomba havia sido detonada. Quase não havia rastros das duas dúzias de soldados que estavam ali segundos atrás, e o cheiro de madeira e tecido incinerados já tinha se misturado ao odor desanimador de carne queimada.

– Não sei você, Capitão, mas acho que nem a minha espessa cobertura seria capaz de suportar esse tipo de explosão.

– Sauron mencionou algo a respeito do programa Arma X – disse Natasha. – Será que aumentaram a habilidade de cura dele, a ponto de conseguir sobreviver a algo assim?

Apoiando a perna em uma pequena rocha, Clint usava a faca de caça para cortar um pedaço de tecido do colete.

– Acho que é possível. Será que a sua amiga também recebeu o mesmo tratamento? – Ele amarrou a faixa de tecido em volta do tornozelo, que parecia inchado.

– Talvez... – Ela observou Clint enquanto ele embainhava a faca.

– Seu tornozelo está quebrado ou apenas torcido?

– Torcido, acho.

– Você tem condições de ir atrás deles assim?

– Não podemos – disse Jessica, olhando para o céu. – Temos um problema maior para resolver primeiro.

A pequena silhueta negra no céu crescia conforme se aproximava, e logo eles reconheceram o inconfundível aeroporta-aviões da S.H.I.E.L.D.

– Você queria respostas, Srta. Romanova – disse Steve. – Parece que estamos prestes a recebê-las.

Natasha olhou para a linha das árvores, avaliando suas opções.

– Não faça isso – Clint disse. – Agora você é parte disso tudo.
Ela olhou para ele.
– Acho que o Capitão não concorda.
Steve assentiu, concordando.
– Não vou negar que você é um ativo valioso, mas há pouco passou dos limites. Nós não torturamos ninguém em busca de respostas.
– Eu entendo. – *Você não é nada... é uma pobre coitada sem família, sem amigos e sem emprego.*
– Posso dar a minha opinião? – pediu Jessica.
Natasha olhou surpresa para ela.
– Quando você a mandou parar – argumentou Jessica –, ela parou. Discutiu, mas parou.
Tony ergueu o visor do capacete.
– E eu, posso opinar? Sim, claro que eu posso... Dinheiro sempre compra o direito de opinar. Então eis o que eu acho: nós nos encontramos no motim da Balsa por acaso, por obra do destino ou seja lá o que for. E então você veio com a ideia de nos transformar novamente em uma equipe. Até que é uma boa ideia, porque os vilões estão trabalhando juntos... O que significa que precisamos trabalhar juntos também. Eles têm cientistas loucos, supersoldados que mudam de forma, armas experimentais de alta tecnologia e sabe Deus mais o quê. Então precisamos de toda a ajuda que conseguirmos.
– Eu vi a ruiva aqui entrar calmamente em um posto avançado de alta segurança da S.H.I.E.L.D. e sair caminhando como se nada estivesse acontecendo. Ela foi descoberta por causa daquela loira, e sabem o que ela fez? Arriscou o pescoço para nos avisar que vocês precisavam de ajuda.
– Eu não sabia disso... – disse Steve. – O que os outros acham?
– Eu acho que a escolha de ficar deve ser dada a ela. – A expressão de Clint era impassível, ilegível. Natasha podia jurar que ele não estava mais zangado com ela. Mesmo assim, algo havia mudado. Ela só não sabia o quê.
– E você, Peter?

– Pessoalmente, acho que não posso opinar. Eu não pertencia ao grupo, sou um forasteiro aqui.
– Nós não o consideramos assim – disse Steve.
– O problema não é com vocês, caras, é comigo. Digamos que eu tenho problemas com compromissos.
– Que pena – disse Luke. – Minha vez? Eu digo que a garota é fodona, e nós precisamos de gente assim.
– Sinto muito, mas não posso concordar com isso. – Steve olhou para o aeroporta-aviões, que agora estava a menos de vinte metros do chão, suas hélices erguendo poeira. Ele se virou para Tony e os outros.
– Não é possível ser um Vingador e não ter princípios morais.
– A verdadeira questão é: será que é possível ter princípios morais e ainda assim trabalhar com a S.H.I.E.L.D.? – perguntou Tony, sem nenhum traço de seu sarcasmo habitual no tom de voz. – Porque, de acordo com eles, Lykos está morto há mais de um ano.
Steve o encarava, sem compreender.
– O quê?
– Eu finalmente consegui acessar os arquivos da Balsa. Dos 42 internos que escaparam, 14 foram listados como mortos pela S.H.I.E.L.D., incluindo Jerome Beecham, Nekra Sinclair e Karl Lykos.
– Não entendo – disse Jessica. – Por que a S.H.I.E.L.D. pensa que eles estão mortos? Será que foi falha humana na hora de elaborar a lista?
– Se fosse uma falha, o acesso aos arquivos não teria sido restringido com senha.
– Não é de se admirar que Maria Hill tenha ficado tão zangada por estarmos reunindo os Vingadores. – Steve olhava para o aeroporta--aviões. – Ela precisava da nossa ajuda para recapturar os prisioneiros da Balsa, mas teve de esconder os arquivos.
– Ou veríamos que os caras que estávamos perseguindo deveriam estar mortos – concluiu Luke.
– Então esses caras não estavam apenas estocando vibranium – disse Steve. – Estavam armazenando criminosos com superpoderes.

— E, pelo que Lykos comentou, estavam fazendo experimentos com eles – disse Peter. – Mas de quem estamos falando? Era uma operação clandestina da S.H.I.E.L.D.?

— Ou a S.H.I.E.L.D. tem ligação direta com o programa Viúva Negra? – Jessica puxou os cabelos para trás, prendendo-os atrás das orelhas. – Isso não parece algo que a S.H.I.E.L.D. faria.

— Não vamos descartar a possibilidade de algum outro grupo... A Hidra, talvez. – Natasha soltou os cabelos. – Aqui está seu prendedor.

— Você tem razão. Pode ser a Hidra. Eu não havia pensado nisso.

— O problema é que, por enquanto, só estamos especulando. Não sabemos quem são – disse Tony. – Mas podem ter certeza de que eles sabem quem somos.

— Isso é ruim – disse Luke. – Tão ruim que me faz querer ficar em casa com aquela bela seleção de ladrões, viciados e gangues que vivem no meu quintal. Acho que devemos ir com tudo pra cima deles. Falar com a imprensa. Cutucar até feder.

Peter balançou a cabeça.

— Fazemos isso, e os caras se enterram. Desaparecem. E depois voltam com uma nova forma. Não podemos confiar a ninguém essas informações.

— Sim, podemos – disse Steve. – Podemos confiar uns nos outros.

Protegendo os olhos do vento e da poeira, os Novos Vingadores ficaram em silêncio, observando o aeroporta-aviões pousar no campo diante deles. Uma porta foi aberta, e uma escadaria se estendeu até alcançar o chão. A figura esguia e uniformizada de Maria Hill emergiu, flanqueada por dois guardas.

— Capitão – saudou enquanto se aproximava dele. – Sr. Stark. Estamos muito felizes em ver que não estão machucados.

— É, não estamos machucados... – disse Steve. – Mas não graças a você. Faz ideia de quanta gente acabou de ser morta aqui? Você simplesmente decidiu que isso seria um efeito colateral... ou estava tentando nos matar também?

Os guardas da S.H.I.E.L.D. engatilharam os rifles.

Maria ergueu a mão.

– Baixar armas, soldados. Capitão Rogers, o drone tinha sido programado havia mais de uma hora, e não fazíamos ideia de que vocês estavam aqui. Vocês não nos reportam seus paradeiros. Se estivessem em comunicação conosco, jamais teríamos ordenado o ataque do drone. Vocês são ativos valiosos. Garanto que não tínhamos intenção de feri-los.

– Que bom ouvir isso – disse Natasha. – Você acha que pode explicar a *natureza* dessa missão?

– Srta. Romanova – disse Maria, estreitando os olhos. – Eu não me dei conta de que você estava envolvida nessa operação. Da última vez que tive notícias suas, você tinha escapado da custódia da S.H.I.E.L.D. junto de outros criminosos da Balsa. Talvez *você* deva explicar *a sua* presença aqui... Ou simplesmente devo supor que você estava trabalhando com sua colega Yelena Belova?

– Ela apareceu aqui porque estava investigando os prisioneiros que fugiram da Balsa, senhora – Clint tentou defendê-la. – Assim como nós.

– Entendo. Você está ciente, Agente Barton, que a Senhorita Romanova frequentou uma escola com o único propósito de ser treinada para seduzir homens ingênuos?

– Fui criado em um circo, senhora. Perdemos a ingenuidade muito cedo.

Maria balançou a cabeça.

– Inacreditável. Acho que precisamos interrogar a Agente Romanova. – A Comandante Hill lançou um olhar duro para Clint. – Desta vez, eu mesma fico encarregada da prisioneira. – Ela fez um sinal para os guardas. – Levem-na.

Os guardas deram um passo à frente, e Clint bloqueou a passagem deles.

– Eu não faria isso se fosse vocês...

– Agente Barton, afaste-se da prisioneira.

– Com todo o respeito, senhora, eu me reporto ao Capitão América.

– Capitão Rogers, por favor, peça ao seu homem que se afaste da minha prisioneira.

Natasha sentiu a mente entrando de súbito em alerta de batalha. Steve se posicionou de modo que o escudo protegesse Clint e Natasha dos guardas.

— Você não pode levá-la.

— Como é?

— Você me ouviu. Ela vai ficar conosco.

— Creio que minha autoridade é maior que a sua nessa questão.

— Quer levar isso a Washington? Por mim, tudo bem. Mencionarei ao presidente a sua tentativa de nos matar — ameaçou Steve. — Ou você realmente espera que acreditemos nas suas boas intenções, que você simplesmente programou um horário no drone e o deixou no piloto automático?

As sobrancelhas de Maria se aproximaram.

— Está me chamando de mentirosa?

O tom de ultraje soou genuíno para Natasha. Então, ou Maria Hill estava dizendo a verdade, ou era uma das melhores mentirosas do mundo... Talvez até melhor do que a própria Natasha.

— *Você* deveria ter entrado em contato *comigo* — disse Tony. — Afinal, os Vingadores não causam a morte de civis. Drones, sim.

— Ah, os Vingadores — Maria dirigiu a eles um sorriso tenso. — Perdoem-me. Não sabia que a equipe estava reunida de novo. E devo entender que a Viúva Negra também faz parte disso?

— Sim — respondeu Steve.

Ele decidiu votar a meu favor, pensou Natasha, *e ele é o tipo de pessoa que defende as próprias decisões. De hoje em diante, aos olhos dele, sou uma vingadora.* Natasha estava estupefata. Será que Steve não percebia que ela poderia facilmente trair-lhe a confiança?

— É bom que eu esteja na equipe. Eles têm tanto senso de autopreservação quanto um bando de estudantes.

— Bem — disse Maria. — Parece que você seduziu o grupo inteiro... Eu, no entanto, acredito que você seja um risco para a segurança. Então, Capitão América, como fazemos? A Agente Romanova fica sob a minha custódia ou teremos que resolver isso de algum outro modo?

Tony olhou para Jessica.

– É impressão minha ou ela acabou de nos ameaçar?

– Ah, cara – disse Luke. – Esse dia simplesmente não acaba.

– E mesmo que acabe – disse Peter –, algo me diz que não vai acabar bem.

O telefone via satélite na cintura de Maria tocou.

– Com licença. – Ela pegou o telefone. – Sim? – Subitamente, todo o corpo dela ficou tenso. – Sim, senhor. Fico no aguardo, senhor.

Os olhos dela se voltaram para Jessica, e então subiram para o jato de um tripulante que surgiu no horizonte. De nariz grosso e impossivelmente pequena, a aeronave era também impressionantemente rápida. Em segundos, pousou diante de Maria.

O topo se abriu, revelando o rosto tenso e semicoberto por um tapa-olho. Era Nick Fury.

– Diretor – saudou Maria, um pouco tensa. – Que bom vê-lo.

– Gostaria de poder dizer o mesmo. – Fury se espremeu para fora da minúscula cabine. – Vou precisar de um relatório completo a respeito de tudo o que aconteceu desde a rebelião na Balsa até hoje. E acho que não preciso dizer que não estou nada feliz por você ter permitido que uma operação ilegal da S.H.I.E.L.D. tenha chegado tão longe. Como eles conseguiram se manter fora de seu radar por tanto tempo? E então, quando você decide agir, faz isso tão precipitadamente que consegue perder Karl Lykos e Yelena Belova.

– Mas...

– Continuaremos nossa conversa em particular. – Fury se voltou para Jessica. – Quanto a você, Agente Especial Drew, agiu bem. Nós localizamos a perfuratriz da Hidra, então pode considerar sua missão cumprida.

O rosto de Jessica se moldou em um sorriso de satisfação.

– Sim, senhor. E depois de meu relatório, me deixará à disposição dos agentes da Hidra com os quais estive trabalhando?

Fury lançou a ela um olhar surpreso e, de certa forma, irônico.

– Absolutamente não.

Enquanto Jessica bufava discretamente, demonstrando sua decepção, Fury se dirigiu a Natasha.

– Agente Romanova, a Viúva Negra. Ouvi rumores de que agora você está trabalhando com a S.H.I.E.L.D. Isso é verdade?

– Não exatamente com a S.H.I.E.L.D., Diretor Fury. Com os Novos Vingadores.

As sobrancelhas de Fury se ergueram.

– Entendo. Bem, então você não está sob a minha jurisdição.

Em seguida, Fury olhou para Tony e Steve.

– Quando puderem, vão até o escritório conversar comigo. Parece que temos muito assunto para colocar em dia.

Os lábios de Maria se afinaram.

– Mas, diretor...

Fury ergueu uma mão.

– Agora, não. Capitão, você e sua equipe precisam de uma carona até Nova York?

– Obrigado, mas não precisa. Temos nosso próprio avião – disse Tony.

– Como quiserem – disse Fury, seguindo na direção do aeroporta-aviões.

Hill o seguiu relutante, lançando um olhar sombrio para os heróis reunidos.

Os motores da enorme nave começaram a funcionar, assustando um bando de Archaeopteryx de plumagem brilhante no topo de uma árvore. Clint acompanhou o voo das criaturas com seus afiados olhos de arqueiro, calculando ângulos e distâncias de tiro.

– Se eu tivesse mais uma flecha, aquele seria o nosso almoço.

– Ou jantar... – disse Jessica. – Que horas são, afinal?

– Aqui ou em casa?

– Em casa.

– Aqui são seis da tarde – disse Tony. – Em Nova York ainda são seis da manhã.

– Vamos lá – disse Steve. – Hora de irmos embora, antes que alguma outra coisa nos ataque. – Um dinossauro urrou ao longe, como se concordasse com ele.

Por um momento, Natasha sentiu a tristeza familiar e rudimentar que sempre lhe batia no fim de uma missão. Outra identidade descartada, outra máscara removida, revelando o vazio dentro dela. E então ela se lembrou de que dessa vez seria diferente. Ela não abandonaria uma personagem, estava inventando outra.

– Então – disse Jessica, colocando-se ao seu lado. – Você tem onde ficar em Manhattan? Porque agora eu não sou mais uma agente da S.H.I.E.L.D., então preciso encontrar um apartamento para mim.

– Você quer dividir um apartamento comigo?

– Claro. Por que não?

– Você é desorganizada ou obsessiva demais com limpeza?

– Sou meio preguiçosa. E você?

– Maluca por limpeza.

Elas sorriram uma para a outra. Aquilo era, Natasha pensou, exatamente como o começo de um livro. Ou talvez fosse como a vida real. De qualquer modo, ela estava ansiosa para saber o que viria em seguida.

21

AGUARDANDO DO LADO DE FORA de um simpático edifício de três andares no Brooklyn, Clint verificou novamente o endereço em seu telefone. Era um quarteirão agradável e arborizado, com outros edifícios iguais àquele enfileirados, mas a vizinhança não tinha sido ainda completamente gentrificada, então havia ali resquícios do passado: casas de penhor e pizzarias em vez de grandes lojas de departamentos e bancos. Clint passou o pacote que carregava para a outra mão, para assim conseguir tocar a campainha. Ele sentia uma espécie de nervosismo de primeiro encontro. Além de ficar imaginando se a jaqueta de couro e camiseta preta que vestia seriam apropriadas para a ocasião, estava preocupado em ter gastado demais naquele presente, ou gastado pouco. Em resumo, ele decidiu que preferia estar na Terra Selvagem, lutando com algo que tinha muitos dentes.

Um pequeno estalo do outro lado indicava que alguém olhava através do olho mágico, e então se ouvia uma série de novos estalos enquanto as fechaduras eram destravadas.

– Ei – saudou Luke. – Você veio.

Sem saber ao certo como responder a isso, Clint entregou o embrulho para Luke enquanto entrava.

– Tó.

– Valeu. – Luke vestia uma camiseta com as palavras "Querido Papai" escritas em grandes letras alaranjadas. Clint subitamente se sentiu bem-vestido demais.

– Bela camiseta...

– Culpa do Tony. – Luke olhou para a própria roupa. – O cara é bilionário, e me dá de presente uma camiseta ridícula dessas.

– Como eu disse, estou passando por um problema de fluxo financeiro no momento... – justificou-se Tony, emergindo de uma sala nos fundos com uma garrafa de cerveja na mão. Tony usava camisa polo e calças cinza, do mesmo tom que as sombras sob seus olhos.

– Não vejo como é possível você ter problemas financeiros... – disse Peter, que foi na direção de Clint para lhe apertar a mão e lhe dar um tapinha no ombro. Os hematomas no rosto do garoto já tinham se transformado em manchas amarelas.

– Ainda indeciso a respeito de entrar para a equipe?

– Acho que sim. Mas fiquei feliz com o convite. – Peter baixou a voz. – Você viu Natasha desde que voltamos a Nova York?

– Apenas quando nos encontramos na cobertura de Tony.

– Ah...

Por alguma razão, Clint sentiu que devia se explicar.

– Eu não saio com colegas de trabalho. E agora que somos oficialmente Vingadores, é simplesmente... caótico demais. Muito complicado.

– Verdade. E, é claro, ela está morando com a Jessica. Isso pode vir a ser um tanto quanto estranho.

Clint franziu a testa, completamente confuso, e então tentou disfarçar.

– Uh... é... – Ele não queria continuar arrastando a conversa, por isso não fez mais nenhuma pergunta.

Peter riu.

– Cara, você é mais perdido em relação às mulheres do que eu.

Clint entrou num cômodo cheio de pôsteres de filmes antigos dos anos 1950, 60 e 70, incluindo *Planeta dos macacos*. Havia também um aparelho de som e a agradável voz de Al Green cantando "Tired of Being Alone" enchia o ambiente com seu lamento ritmado.

– Ei, Clint – disse Steve, mergulhando um nacho no molho de espinafre. – Ontem à noite o treino foi ótimo. Ops! – Ele derrubou acidentalmente um pouco do molho na gravata.

– Aqui – disse Jessica, que estava muito bonita em seu vestido cinza de lã. – Deixe que eu o ajudo. – Ela esfregou a mancha. – Você conseguiu ler o relatório que enviei, Clint?
– Dei uma olhada rapidamente.
– Clint, você não pode simplesmente passar os olhos por um documento de trinta páginas que Natasha e eu demoramos semanas para compilar. Você se dá conta de quantas pistas tivemos que farejar para decidir quais seguir? – Ela afastou uma mecha de cabelo do rosto.
– Fizemos toda a pesquisa sobre os paradeiros de Lykos e Yelena. O mínimo que você poderia fazer seria nos ajudar na análise.
– Aliás – disse Steve –, Tony, Luke e eu conseguimos boas informações a respeito dos outros condenados que fugiram.
Clint lançou a ele um olhar de censura.
– Puxa-saco.
Jessica parou na frente dele.
– Ei, pelo menos ele está fazendo alguma coisa! Você nem ao menos leu.
– Eu penso enquanto ando. Você sabe que não sou bom com papelada, Jess.
– Não é um relatório de gastos! Você pelo menos leu a parte em que eu analiso se Maria Hill poderia ou não tê-los capturado se quisesse? – Os olhos de Jessica se arregalaram. – Oh, meu Deus. Nem isso você leu?
– Não, eu li. Quer dizer, tenho certeza de que li essa parte.
– O que dizia? – Ela cruzou os braços sobre o peito.
Clint enfiou uma batata frita na boca.
– Que, hum, Maria Hill poderia ter recapturado Lykos e Yelena. Se ela quisesse.
– Ei, o que foi que eu disse a respeito de conversas sobre trabalho? – Jessica Jones, esposa de Luke, emergiu de um dos quartos do fundo carregando um cobertor rosa em seu ombro. Clint presumiu que havia um bebê ali embaixo, mas não conseguia vê-lo.
– Gavião Arqueiro comprou isso para Danielle – disse Luke, abrindo o papel de presente vermelho e amarelo.

– Eu, hã, não tinha muita certeza do que deveria comprar...

– Tenho certeza de que é... hã... – Luke ergueu a caixa, em que havia a inscrição "A Mulher Invisível" em grandes letras vermelhas. – É, hum, coisa do Quarteto Fantástico?

– Não, é um modelo anatomicamente correto – disse Clint, virando a caixa com o plástico transparente para cima para revelar o conteúdo. – Dá para montar tudo, todos os órgãos e tal, a pele é transparente.

– Que ótimo – disse Jessica Jones alegremente.

– Obviamente, ela não vai conseguir brincar com isso imediatamente, mas imaginei que ela ganharia muitos animais de pelúcia, sapatinhos e coisas...

A voz de Clint sumiu quando viu Natasha saindo da cozinha com uma enorme bandeja de lasanha. Ela usava calça jeans e uma blusa verde-escuro larga, que deslizava de um dos ombros.

– De qualquer modo, posso devolver se não for apropriado.

– Não, é um ótimo presente – disse Jessica. – Tenho certeza de que Danielle vai amar quando for um pouco mais velha. Vou colocar ao lado do kit de dissecação de sapos.

Clint subitamente sentiu que seu presente não era tão inapropriado assim.

– Um kit de dissecação? Quem compraria algo assim para um bebê?

– Quem você acha? – disse Luke, mas Clint já estava indo ao encontro de Natasha, que cortava a lasanha com uma faca afiada.

– Olá, forasteiro – disse Natasha.

– Ei.

Era a primeira vez que passavam algum tempo juntos sem precisar falar sobre estratégias de guerra ou combates, e Clint sentiu uma forte obrigação de dar a Natasha algum tipo de explicação, de lhe pedir desculpas. Ele tinha feito de tudo para tirar aquela mulher da cabeça, porque o que tinha dito a Peter era verdade: ele não namorava colegas de trabalho. O inconveniente de dormir com uma mulher que você vê o tempo todo, é criar nela muitas expectativas. Ela imagina que você vai se lembrar do aniversário dela, do dia que se conheceram, do nome da melhor amiga de infância dela. Clint não agia dessa forma. Ele não conseguia nem ao menos se lembrar do próprio aniversário, pelo amor de Deus. Não era nada bom em relacionamentos, do tipo que as pessoas normais têm.

– Escute, Natasha...

Ela parou, a faca da lasanha na mão.

– Quero lhe pedir uma coisa... – ela disse, erguendo para ele os olhos assustadoramente verdes.

Clint se deu conta de que estava mentindo para si mesmo. Ele não se afastara de Natasha por causa do que ela poderia esperar dele. Estava com medo do que *ele* poderia querer dela.

– Pode pedir o que quiser – ele disse.

– Você poderia me ensinar a atirar facas?

Ele foi pego de surpresa, e por um momento não conseguiu pensar em como responder àquilo. Mas rapidamente se recompôs.

– Sim. Claro. Por que não?

– Já tive aulas, claro, mas minha mira com alvos em movimento não é tão precisa quanto eu gostaria.

– Posso ajudá-la nisso.

– Também quero aprender a manejar machadinhas.

– Tenho algumas em casa...

Ele tentou não pensar no que mais poderia acontecer, com os dois praticando o que o pessoal do circo costumava chamar de artes da empalação. Não havia nenhum indício de flerte nos modos dela, então era melhor não manter grandes expectativas.

– Próximo sábado, às três da tarde?

– Encontro marcado – disse Clint, e então ficou subitamente constrangido. *Encontro marcado*. Dava para ser mais óbvio? – Com licença. Vou pegar uma bebida. – Ele se dirigiu para a mesa de refrigerantes.

– Cuidado – disse Jessica Jones enquanto se servia de uma soda. – Me parece que você está quase entregando sua única vantagem.

Ao fundo, Al Green havia parado de reclamar de que estava cansado de ficar sozinho e começou uma nova música, sugerindo que deveriam ficar juntos.

– Certo, pessoal – Tony chamou a atenção de todos, posicionando uma câmera sobre a mesa. – Avante, Vingadores!

– Vamos lá, Gavião Arqueiro – disse a esposa de Luke, pegando Clint pela mão.

– Qualquer hora você descobre do que estou falando.

Os outros se juntaram, sorrindo para a câmera. Pelo canto do olho, Clint viu o cobertor cor-de-rosa dobrado, revelando o rosto do bebê. Ela não era tão feia quanto alguns bebês, ele achou. Não era completamente enrugada, pelo menos. E então ela olhou para ele e sorriu. A câmera o capturou olhando para baixo com uma expressão divertida no rosto. Natasha estava dizendo algo que fez Peter e Jessica caírem na risada, enquanto Tony e Steve ficavam lado a lado, como velhos companheiros de guerra. No centro de tudo, Luke e a esposa trocavam olhares conspiratórios, como se soubessem mais a respeito do que estava acontecendo atrás deles do que lhes seria permitido.

Para uma equipe de órfãos e desgarrados sem nenhum outro lugar para ir, aquilo era tão bom quanto um retrato de família.

AGRADECIMENTOS

AGRADEÇO A RAY TEETSEL pelos conselhos sobre artes marciais e tiro com arco; ao fuzileiro naval reformado Karl Swepston e à sua esposa, A.E., por alguns apontamentos a respeito de operações especiais; e a Elena Sherman pelas frases em russo. Jeff, obrigado pelas referências que me enviou quando precisei. Stuart, é impossível expressar o quanto apreciei sua voz calma me guiando por este labirinto de corredores escuros. Quaisquer erros são de minha total responsabilidade.

E, por último, mas não menos importante, o meu agradecimento a Brian Bendis, por ter me permitido entrar e brincar no clubinho que ele construiu.*

---

* Alisa Kwitney é leitora voraz de quadrinhos desde os seis anos de idade, quando ganhou de sua mãe a primeira edição de *Shanna, the She-Devil*. Ela também é autora de oito romances publicados, dois deles escritos sob o pseudônimo de Alisa Sheckley, bem como de vários livros de não--ficção, graphic novels e histórias em quadrinhos, incluindo a minissérie indicada ao prêmio Eisner *Destiny: A Chronicle of Deaths Foretold* e *Token*, que caiu nas graças da crítica especializada. Em tempos remotos ela trabalhou como editora na Vertigo/DC Comics.

FONTE: Chaparral Pro

#Novo Século nas redes sociais